DEL
AMOR
Y OTRAS
PANDEMIAS

SIN LÍMITES

DEL
AMOR ♥
Y OTRAS
PANDEMIAS

MYRIAM M. LEJARDI

Ilustraciones de
YOLANDA PAÑOS

RBA

© del texto: Myriam M. Lejardi, 2020.
© de las ilustraciones: Yolanda Paños Romero, 2020.
© del diseño de la cubierta: Lookatcia.com, 2020.
© de esta edición: RBA Libros, S. A., 2020.
Avda. Diagonal, 189 - 08018 Barcelona.
rbalibros.com

Diseño del interior: Lookatcia.com.

Primera edición: octubre de 2020.

REF.: OBFI364
ISBN: 978-84-9187-697-7
DEPÓSITO LEGAL: B.13.037-2020

EL TALLER DEL LLIBRE, S. L. • PREIMPRESIÓN

Impreso en España • *Printed in Spain*

A MIS PADRES,
POR ENSEÑARME A PENSAR EN MAYÚSCULAS.

PRÓLOGO

SOFÍA

Sofía sabe que, por mala que sea la situación, poner a todo volumen los grandes éxitos de Britney Spears siempre consigue mejorar su humor.

Y la situación es mala. Peor que mala: catastrófica.

No solo porque la pandemia mundial por la que están pasando haya provocado que el Estado decrete el confinamiento de gran parte de la población. Ni siquiera por lo que le atosiga su padre con el tema, mandándole constantemente información poco fiable. Ni porque no tenga ni idea de qué va a pasar con el máster que tiene a medias.

El colmo es que su novia acaba de dejarla. Un año de relación tirado por la borda tras una llamada de poco más de cinco minutos. Que son demasiado distintas, le ha dicho. Que Sofía debería arriesgar más.

Es consciente de que no es la persona más extrovertida del universo, que suele tomarse todo con calma o sopesar bien los pros y los contras antes de decidir cualquier cosa. Sin embargo, eso no la convierte en alguien aburrido, como ha sugerido Eva.

Ahora mismo, por ejemplo, ha salido al balcón a regar las plantas con una copa de vino blanco en la mano. Cierto es que solo se ha servido un par de dedos, pero no son ni las doce del mediodía y una cosa es desmelenarse y otra volverse loca del todo.

La ve por el rabillo del ojo, en la calle, cargada con dos bolsas de la compra que parecen más grandes que ella. No sabe cómo se llama, solo que vive en el bloque de enfrente desde hace poco. Sofía no es muy de cotillear, pero lleva días observándola. Es justo lo contrario a su ex: morena y vivaracha, el tipo de persona que se para a saludar a todos los perros con los que se cruza.

A veces, cuando los mensajes que le mandaba Eva se volvían insoportables, apagaba el móvil y echaba un vistazo por la ventana. Si tenía suerte y la veía, se sorprendía sintiéndose mejor. Con el estómago menos lleno de piedras y más lleno de helio.

Es consciente de que esto no tiene sentido. Por muchas cosas y la peor ni siquiera es que no se conozcan. Está segura de que no pegarían ni con cola y ¿no la acaban de dejar justo por eso? Por ejemplo: la vecina parece obsesionada con el deporte, quizá hasta se dedique a ello, por la bolsa del gimnasio de la zona que se ha fijado que cargaba alguna vez. Ella, sin embargo, el único deporte que hace son las carreras que se pega cuando está a punto de perder el autobús. Y ahora con lo de la pandemia ni eso.

Además de que a Sofía le cuesta muchísimo acercarse a gente nueva. ¿Qué iba a decirle, si lo hiciera? «Hola, desconocida. A veces te espío mientras riego las plantas, pareces una mujer fantástica, ¿nos tomamos un café un día?».

Ni hablar.

—¡Me niego rotundamente! —grita un chico.

Sofía alza la cabeza y se da cuenta de que es su vecino de arriba, que está también asomado al balcón mientras habla por teléfono. Nunca ha tenido una impresión especialmente positiva de él. Supone que es más joven que ella, de unos dieciocho o diecinueve años, pero su edad no ex-

cusa que tenga esa actitud; como si el mundo le pertene-
ciera o algo por el estilo.

Se lo ha cruzado alguna vez en el portal o en el ascensor
y no sabe demasiado sobre su vida, más allá de que se llama David, que su madre está divorciada y que tiene mucho dinero. También sabe que discute con la pobre mujer
con más frecuencia de la necesaria y que no le avergüenza
hacerlo a voces, en el balcón, donde cualquiera puede es-
cucharlo.

—¡Me da igual que haya problemas en su residencia!
—sigue chillando—. ¡Como si la cierran! ¡Que se vuelva a
su casa! —Una pausa, un golpe en la barandilla y un maullido—. ¡Este es mi piso! ¡Solo hay una habitación, mamá!
¡No cabemos! Sí... ya sé que lo pagas tú, pero... ¡¿Que me
vuelva yo al pueblo?! ¡Mamá! Vale, pues nada. Que venga.
¡¿Mañana?! No, no estoy contento. No... mamá... De
acuerdo, me esforzaré.

Sofía niega con la cabeza cuando el muchacho cuelga y
suelta una ristra de palabrotas.

Pobre de la persona que vaya a vivir con él.

11

DAVID

Llevo mis mejores vaqueros para el funeral. Quedan de miedo con el polo Ralph Lauren negro que, además, hace juego con mi estado anímico. Mi cara —perfecta, como siempre— denota lo profundamente decepcionado que estoy por la situación. Querría haberme puesto unos buenos zapatos, sin embargo, por muy espantosa que sea mi vida ahora mismo, el suelo de parqué no tiene la culpa y arañarlo empeoraría todavía más las cosas. Así que llevo unas pantuflas de peluche con orejas de gato.

¿Que quién ha muerto? Mi independencia. Lo sé, lo sé, es tremendamente trágico. Mi fantástico piso de soltero de sesenta metros cuadrados en el centro de Madrid está a punto de ser mancillado por una mujer. No me malinterpretes, han pasado varias por aquí en el año y pico que llevo viviendo en él. Pero solo un rato, ya me entiendes. Lo justo para hacerle una visita a mi cama de matrimonio, un par de arrumacos y ese «ya te llamaré» de despedida que nunca se cumple. Me gustaría decir que la frase suele salir de mis labios, aunque estaría mintiendo. ¿Habría querido que más de la mitad de esas mujeres se hubieran quedado a desayunar? Sí. ¿Se lo supliqué a alguna prácticamente de rodillas? Estuve a punto, pero no. Porque, entre otras muchas cosas, tengo amor propio.

Quizá te preguntes por qué, teniendo esto en cuenta, me decepciona tanto que una chica vaya a instalarse en mi casa durante las próximas semanas. Bueno, es que no es cualquier chica. Es Lara, mi peor pesadilla, mi archienemiga del instituto, la que me destrozó el...

«David, respira hondo. Recuerda lo importante».

Cierto.

Paseo por mi casa con aire melancólico. La paga mi madre, como me recordó ayer a gritos cuando traté de negarme a acoger a Lara, pero sigue siendo mi casa. Observo lo que me rodea y me fijo en el precioso sofá de terciopelo rojo que hay frente a la televisión de cincuenta pulgadas.

—No te preocupes —le digo al mueble—, no dejaré que nadie te llene de migas ni te descoloque los cojines.

Cuando voy al cuarto de baño, la visión del vaso de cerámica en el que dejo el cepillo de dientes está a punto de resquebrajarme la entereza. Pero soy fuerte y consigo sobreponerme.

—No permitiré que otro cepillo te haga sombra —murmuro antes de ir a la cocina.

Llaman a la puerta justo en el momento en el que le estoy prometiendo a mi taza de café favorita que ninguna boca aparte de la mía se posará en ella.

Sé que es Lara no solo porque con la cuarentena que se ha decretado sería ridículo esperar cualquier otra visita, sino por el modo en el que pulsa el timbre. Con impaciencia y sin ningún tipo de respeto.

Cuánto la odio.

Abro y me aparto de un salto cuando una chica estúpidamente alta irrumpe como un vendaval. ¿Cuándo se ha convertido en una especie de cigüeña? Es absurdo. Sigo siendo más alto que ella, pero no demasiado, y me molesta. Durante un segundo planteo la idea de que sus piernas de flamenco sean el motivo por el cual lleva ropa que es sin duda de hombre, pero enseguida recuerdo que ese estilo carente de estilo era su marca personal en el instituto. Y en el instituto medía tres palmos menos, como mínimo.

La observo con la misma alegría con la que miraría a una cucaracha gigantesca. Una que lleva capas y más capas de ropa, orejeras, una boina roja y tres bufandas anudadas en lugares completamente aleatorios del cuerpo. El resto de su ropa debe de estar metida a presión en esa maleta descomunalmente grande que parece a punto de reventar. La deja tirada de cualquier manera en la entrada. Lo que hay en la bolsa de basura, que empuja contra la pared de una patada, es un completo misterio.

Nos miramos durante unos minutos, sin hablar. Tiene peor pinta que nunca. Más allá de que las prendas que usa no sean de su talla o de esas gafas de sol con cristales redondos y amarillos. Lleva el pelo teñido de un morado desvaído feísimo, raíces y la misma mueca que esbozaría alguien que acaba de pisar una caca de perro.

Decido hacer de tripas corazón, así que hago una llamada a la calma y le tiendo uno de mis botes de gel desinfectante.

—Espero que sepas cómo usarlo. Y que a partir de ahora te compres los tuyos. Son difíciles de conseguir, ¿sabes? Solo hay dos tiendas en la zona que los siguen sirviendo. —No explico que tuve que luchar contra una octogenaria con uñas y dientes por ellos porque no soy de los que alardean, pero fue una batalla feroz de la que salí airoso por los pelos.

En lugar de darme las gracias, como habría hecho cualquier persona decente, me hace un corte de mangas mientras se va aproximando hacia mí. Me alejo, como es natural. Lo de la distancia de seguridad es un tema serio. Aunque también lo habría hecho sin la amenaza de una pandemia mundial: tiene pinta de necesitar darse una buena ducha. Con lejía.

Capto una sonrisa burlona antes de que se ponga a pasear por mi piso como Pedro por su casa. Me molesta el desprecio con el que mira a su alrededor, así que suelto:

—Supongo que esto debe parecerte un palacio comparado con la chabola en la que vivías antes.

No es un comentario que hubiera hecho sentir orgullosa a mi madre, pero ella me ha educado para lidiar con seres humanos, no con la mismísima encarnación de Satanás.

—No, lo que parece es la pesadilla de cualquier interiorista. ¿Quién ha decorado esto? Alguien con problemas no resueltos, como mínimo. —Se gira hacia mí con un jarrón precioso en las manos y cara de desconcierto—. Sabes que el rococó pasó de moda hace por lo menos ciento cincuenta años, ¿verdad? —Le arrebato el adorno antes de que lo deje en un lugar incorrecto y la persigo mientras continúa criticándolo todo—. ¡Un sofá de terciopelo rojo! Pero ¿en qué siglo vives? Madre mía, ¿y qué leches es esa cosa de ahí? ¿Es algún tipo de bicho disecado? Es horripilan... ¡Se mueve!

—Es Antonio, mi gato —contesto, apretando mucho los dientes para no soltar una barbaridad.

Alterna la vista de él hacia mí, ojiplática.

—¿Por qué está desnudo? ¿Y qué clase de nombre es Antonio?

—¡No está desnudo! ¡Es un gato *sphynx*, imbécil! —Me pinzo el puente de la nariz con dos dedos, luchando contra el impulso de tirarle el jarrón a la cabeza—. Antonio es un nombre perfectamente válido. Mi abuelo se llamaba así.

—¿Le has puesto a un gato calvo y arrugado el nombre de tu abuelo? Alucino. —Se agacha para ponerse a la altura del animal—. Bueno, bicho, a partir de ahora te llamarás Toño o Toñete, depende de lo bien que te portes.

—¡Ni se te ocurra llamarlo así!

Se incorpora, cruzándose de brazos.

—Le estoy haciendo un favor. Además, tiene cara de Toño. —Desvía la vista hacia la izquierda y estalla en carcajadas—. ¡Oh, Dios! ¡Esto sí que es increíble! ¿Por qué tienes enmarcada una foto enorme de tu cara? ¡Ya verás cuando se lo cuente a la gente del pueblo! Ya sabía que eras un egocéntrico, pero esto...

Se agarra el estómago a causa de la risa mientras me voy poniendo más y más rojo. No es por vergüenza, me pasa cuando me enfado mucho, justo antes de perder la paciencia. El retrato es fantástico y salgo guapísimo.

—¿Te gusta? —pregunto con una sonrisa fría—. Puedo conseguirte una copia, si quieres. Para que la mires cada noche antes de irte a dormir. —Me estudia, ya seria, sin saber por dónde voy. Así que saco el cuchillo y se lo clavo—: Ojalá la hubieras tenido cuando íbamos al instituto, ¿eh?

—¿Por qué iba a haber querido una estúpida foto tuya?

—Porque estabas obsesionada conmigo. Oh, vamos, no pongas esa cara ahora. Lo sabía todo el mundo. —Apoyo el hombro contra la pared, encantado de haberla dejado con la boca abierta—. Mira, para que veas que estoy dispuesto a hacer las paces: me ofrezco incluso a firmártela. No puedo prometerte mucho más. Aunque me lo suplicaras, preferiría acostarme con un cactus antes que contigo, pero algo es algo. ¿Y bien? ¿Quieres una copia o dos?

LARA

Lo odio tanto que se me retuerce el estómago.

—Si fueras más lento viajarías atrás en el tiempo —le contesto—. Pero puedes darme un par de fotos: la primera la usaré para practicar puntería y la segunda para prenderle fuego al piso cuando me vaya. Seguro que la policía se lo toma como un servicio a la comunidad y me dan un premio o algo por el estilo.

Si mis padres no me hubieran amenazado para que me comportara, juro que arrancaría su estúpida cara de ese marco dorado y se la haría tragar.

«No nos dejes en mal lugar, Lara, recuerda que nos están haciendo un favor», me insistieron por teléfono hace media hora.

¡Una mierda un favor! Esto es una tortura. El castigo por los pecados que todavía no he cometido. Y yo creía que compartir baño con veinte chicas en la residencia era malo, ¡ja! Preferiría ducharme con una piara de cerdos antes de pasar un minuto más en la casa de este imbécil.

David está igual que siempre. Quizá más alto, más rubio y más ancho en algunos puntos, pero la sonrisa de superioridad sigue en el mismo sitio. ¿Y por qué va vestido como si fuera al bautizo de su sobrina favorita?

Resoplo para dejar claro mi desprecio antes de preguntar:

—¿Dónde duermo?

—En el sofá, por supuesto —responde con esa pomposidad tan recalcitrante. Parece un pavo real albino—. Solo hay una habitación, la mía.

Sigue hablando, pero no le hago ni caso y voy hacia la puerta cerrada que hay al fondo del pasillo. Cuando la abro me encuentro con una cama un poquito demasiado grande para una sola persona, sábanas grises y un cabecero de forja negro que hace juego con el color del resto de los muebles. Parece el dormitorio de un príncipe tiránico.

Me sigue como un pato, mientras cotorrea sobre las maravillas de su sofá —que seguro que ha sacado del decorado de una película porno— y sobre la suerte que tengo de que me permita dormir en él. Mientras tanto, voy a por mis cosas y las llevo hacia la habitación.

—¿Qué se supone que haces? —pregunta cuando me ve arrojar la bolsa de basura en la cama.

—Instalarme.

Intento cerrarle la puerta en las narices, pero atraviesa el pie y empuja la hoja para volverla a abrir.

—Esta es mi habitación.

—Ajá.

—No la tuya.

—Obviamente. Yo no tengo tan mal gusto.

Se pasa la mano por el pelo, frustrado.

—Bajo ningún concepto vas a dormir en la cama conmigo.

—¿Contigo? —Me echo a reír—. Tú dormirás en ese fantástico sofá del que no paras de hablar, con tu ridículo gato calvo, y yo dormiré aquí. Soy tu invitada —pincho—, tienes que tratarme bien.

Confieso que cuando estalla me siento realizada. Como si hubiera sacado Matrícula de Honor en una asignatura muy difícil.

—¡¿Invitada?! ¡Eres una okupa! ¡Un parásito! ¡Una niñata insoportable sin ningún sentido de la moda ni de la higiene!

Estoy a punto de saltar ante esto último, pero lo cierto es que no recuerdo exactamente cuándo me duché por última vez, así que lo dejo correr y saco el móvil.

—¡¿Y ahora qué haces?! —grita cuando me ve marcar y llevármelo a la oreja.

Chisto para que se calle y me preparo para la actuación.

—¿Ángeles? Perdona, sé que es bastante tarde, ¿estabas ya durmiendo? —David se queda de piedra cuando oye el nombre de su madre, hasta deja de hacer aspavientos con los brazos—. Sí, sí, ya estoy en el piso. Sí, es precioso. ¿Que lo has decorado tú? ¡Me encanta! No... Todo está bien, pero... Exacto, el tema del dormitorio. Claro, yo opino lo mismo, ¿cómo voy a cambiarme de ropa en el salón? ¡Imagínate la vergüenza! Pero David cree que lo mejor es que yo duerma en el sofá y... Vale, te lo paso.

Cuando le tiendo el teléfono está pálido como un cadáver.

No sé qué es exactamente lo que le está diciendo su madre, solo sé que se encoge tras cada grito que resuena al otro lado de la línea y que repite mucho «vale, mamá», «no, mamá», «por supuesto que no me has educado así, mamá».

Cuando cuelga, lanza el móvil contra la cama, hincha mucho las fosas nasales y sale de su propia habitación dando un portazo.

Que se joda.

Media hora después, una vez que he colocado toda mi ropa en el armario —apartando de mala manera la suya—, me dedico a cotillear. El dormitorio no tiene pestillo, pero confío en que esté lo suficientemente enfadado como para no volver.

Está ordenado de una forma tan maniática que me saca de quicio, así que al principio me entretengo cambiando algunas cosas de sitio. ¿Estos libros aburridísimos sobre administración de empresas? ¡Al cajón! ¿Estos calzoncillos...? ¡Por Dios, los calzoncillos! Debe de haber treinta o cuarenta y son todos iguales. De esos anchos, a cuadros. ¿Qué demonios le pasa a este chico? Sin embargo, decido dejarlos donde están. No quiero que piense que me dedico a hurgar entre su ropa interior. Seguro que vuelve a salir con aquello de que me gustaba cuando íbamos al instituto. ¿Se puede ser más tonto? Francamente, lo dudo.

Estoy moviendo una pila de archivadores —llenos de apuntes y de separadores de colores— cuando me encuentro con algo interesante. Detrás de ellos, al fondo de la estantería, hay una hilera de libros de lo más... curiosos. No, no son sobre su estúpida carrera. Tampoco son revistas guarras —¿quién tiene de eso existiendo internet?—. Son novelas.

Novelas románticas y, por las portadas, intuyo que subidas de tono. ¡Menuda mina! Voy a tener material para meterme con él durante los próximos diez años, como mínimo.

Cojo una de ellas, la que tiene el nombre más ridículo, mientras suelto una risita por lo bajo. *Mi jefe el seductor*, se llama. Y, justo debajo, la frase: «una historia *dirty office*». ¡Qué fantasía!

Me pongo el pijama a toda prisa y me lanzo de espaldas en la cama con el libro en la mano.

—Vaya, vaya, David —murmuro cuando empiezo a leer—, así que esto es lo que te gusta, ¿eh? Qué guarrete.

Durante las diez primeras páginas me río imaginándome a este idiota en su sofá de terciopelo, con una taza de té, estudiando la novela como si fuera una especie de manual para ligar. Quizá incluso tomando apuntes.

Durante las cien siguientes olvido a David, sus aires de miembro de la realeza e incluso lo mucho que me cabrea que me hayan obligado a instalarme en su casa.

Madre mía con la secretaria.

DAVID

No sé qué me resulta más horripilante: si Lara recién levantada o lo que veo que ha dejado encima de la mesilla. Quiero que conste en acta que no he entrado en mi habitación para espiarla, sino porque voy a ducharme y necesito coger ropa limpia. Además, he llamado a la puerta tres veces y no he obtenido ningún tipo de respuesta.

Tiene un aspecto todavía más desagradable que el de ayer. Sé que hay chicas que amanecen de forma sorprendente, como aquella con la que estuve hace unos meses cuyo pelo cambió de color y de largo —por lo visto usaba peluca—. Por desgracia Lara sigue teniendo el mismo pelo, pero da la impresión de que una jauría de perros salvajes se ha peleado encima de él y que sus colegas, los flamencos, han aprovechado después para hacer un par de nidos. Luego están las legañas, el cerco de baba que hay encima de mi preciosa almohada y el modo en el que se rasca la axila mientras me mira con los ojos entornados.

Sin embargo, creo que lo que hay en la mesilla es peor. Me fijo en el libro, intentando no dejar patente el pánico que siento. ¿Por qué ha tenido que rebuscar entre mis cosas? ¿Se le puede poner a alguien una denuncia por eso? Pienso consultarlo. Sé que hay abogados que están ofreciendo sus servicios por todo el asunto de los ERTE y, aunque esto no tiene nada que ver, dudo que se nieguen a prestarme ayuda. La privacidad es un asunto muy serio.

—¿Qué demonios haces aquí? —mascula con la voz pastosa.

—Tengo que coger una muda.

Sigue el recorrido de mis ojos, que continúan anclados a *Mi jefe el seductor*, y en lugar de sonreír la veo ponerse roja. ¿Por qué...? Oh. Lo ha estado leyendo también, por eso está en la mesilla. Sí, ha usado lo que parece un calcetín sucio para marcar el punto en el que se quedó. ¡Espera! ¡¿Un calcetín sucio?!

—¿Qué haces con eso? —Soy un actor fenomenal, así que consigo que mi voz suene más molesta que abochornada.

—No sé de qué me estás hablando.

—Del libro que hay en la mesilla.

—Ah. Eso. Me lo he encontrado en el suelo.

Me cruzo de brazos y apunto mentalmente que tengo que denunciarla también por injurias.

—Mentirosa.

—Solo quería saber qué tipo de cosas leías. Literatura guarrilla, ¿eh? —La risita que suelta se le atraganta hasta convertirse en una tos—. Le eché un vistazo por encima para burlarme de ti. Vaya, vaya, ¿tus amigos saben que...?

—¿Un vistazo? —interrumpo, empezando a sonreír—. Por el calcetín apestoso que has usado como marcapáginas, diría que te has leído más de la mitad.

Lo niega sin ningún tipo de convicción, así que interpreto que he dado en el clavo y que no solo se ha quedado hasta las tantas leyendo, sino que encima lo ha disfrutado. Lo que tampoco me sorprende porque, pese al título, *Mi jefe el seductor* es una novela muy compleja repleta de mensajes... eh... profundos.

Después de coger mi ropa —procurando mirarla durante todo el proceso para que no dejara de apreciar el arqueo de la ceja izquierda—, me ducho y voy a la cocina para desayunar. Es americana y está separada del salón por una barra de granito. Me siento en un taburete, con la mejilla apoyada en los nudillos, mientras me pregunto si volveré a llamar a mi madre si le prohíbo que se pasee por mi casa con una prenda roñosa cinco tallas más grande de la suya. Parece un insecto palo enfundado en una camiseta de un grupo de rock que dejó de ser famoso hace más de treinta años.

No me sorprende ver que Lara me ha arrebatado, además de la independencia y el colchón viscoelástico, mi taza favorita. Pero no por ello duele menos. La veo vertiendo en ella un café igual de negro que su alma, que empieza a beberse sin echarle leche condensada ni azúcar. ¡¿A qué clase de monstruo me han obligado a acoger?!

Uno que ha preparado tortitas, por lo visto. Espera, ¿cómo demonios lo ha hecho? La veo sirviéndolas en un plato, entre sorbitos de ese mejunje infernal, y dejarlas en la barra. Se sienta frente a mí y me observa con una sonrisilla. Acto seguido, pincha una especialmente esponjosa y se la mete entera en la boca.

Estoy demasiado ocupado preguntándome de dónde habrá sacado los ingredientes para prepararlas —que ni siquiera sé cuáles son—, además de salivando por el olor, como para gritarle que mastique con la boca cerrada.

Hay una batalla encarnizada en mi cabeza. Por un lado, no quiero que piense que me interesan sus ridículas e inesperadas tortitas; por otro, me interesan muchísimo porque la verdad es que tienen una pinta fantástica. Ni siquiera la mermelada que se le escurre por la comisura de los labios, y que se limpia de una forma asquerosa con el brazo, me quita las ganas de comerme un par de ellas.

No. No pienso rendirme. Aunque... En realidad son mis tortitas. O sea, los ingredientes estaban en mi casa,

¿no? Puede que ella haya sido la mano de obra, pero yo soy el patrón o algo así. Merezco por lo menos el cincuenta por ciento.

Asiento para mí mismo y me levanto para coger un tenedor. Cuando me vuelvo a sentar y trato de pinchar una, aparta mi cubierto con el suyo mientras gruñe como un perro rabioso con la boca cubierta de mermelada de frambuesa.

Como soy un hombre razonable, le explico:

—También son mías. Las has hecho en mi cocina, con mis cosas. Exijo la mitad y, créeme, estoy siendo generoso.

—Tócalas y te clavo el tenedor en la mano —amenaza. O eso creo. Tiene los carrillos hinchados como un hámster y no entiendo gran cosa.

Frunzo el ceño y vuelvo a acercar el cubierto, pero antes de que alcance el plato ella lo levanta, se lo acerca a la cara y pasa la lengua por el costado de absolutamente todas las tortitas. ¡Qué asco, joder!

—Muy bien —rezongo, apretando la mandíbula. Voy a mi habitación y cojo todas las novelas que tengo, incluida *Mi jefe el seductor*. Vuelvo a la cocina con ellas en los brazos y una sonrisa triunfal—. Parece que alguien se va a quedar sin saber si Karen finalmente consigue que su jefe firme los papeles del divorcio y se case con ella.

Ni siquiera me contesta, pero noto cómo apuñala la comida cuando sigue desayunando.

Esto es la guerra.

LARA

He salido al balcón para no tener que aguantarlo. Lleva tres días dando por saco, paseándose de aquí para allá con alguna de sus estúpidas novelas guarras en las manos, leyendo y arqueando mucho las cejas en mi dirección.

Como si me importara.

El balcón del piso es pequeño, lo justo para que quepan un par de sillas y algunas macetas. Como no hay nadie por la calle, me entretengo observando a la vecina de abajo. Es bastante mona, creo que un poco mayor que yo. Tres o cuatro años, tampoco más. Está regando el millón y medio de plantas que tiene en su balcón, mientras silba una tonadilla alegre. De pronto deja caer la regadera, como si algo la hubiera asustado, y da un par de vueltas sobre sí misma. ¿Qué leches...? Oh, está fijándose en el bloque de enfrente. Hay otra chica que acaba de abrir la ventana. Lleva el pelo corto, ropa de deporte y sonríe tanto que estoy convencida de que se está haciendo daño.

Vaya, vaya. La de abajo ha recogido la regadera y le lanza miraditas disimuladas a la de enfrente. ¿Se conocerán? Quizá no, puede que no se hayan cruzado hasta ahora. ¿Y si se enamoran? ¿Y si ya lo están? La del pelo corto y ropa deportiva está haciendo ejercicio delante de su ventana, ¿es una casualidad o está interesada en que la de las plantas la vea? Cuando me quiero dar cuenta, estoy dando saltitos como una idiota.

Voy a la habitación a por un cuaderno y un bolígrafo. Cuando estoy en mitad del pasillo, doy media vuelta y re-

29

busco en la maleta, lanzando cosas por los aires, hasta que encuentro mis gafas de sol graduadas. Con las prisas me dejé las de ver en la residencia y las necesito para escribir.

Estoy haciendo un guion para una de mis clases —ahora *online*, claro— de la universidad. Bueno, debería de estar haciéndolo. La verdad es que estaba en blanco hasta ahora porque no se me ocurría ninguna trama interesante para el corto que nos pidió la profesora. Gracias a Doña Finjo Que Riego Mis Plantas y Doña Mira Cómo Ejercito El Culete acabo de encontrar la inspiración.

Me siento en una de las sillas de hierro forjado del balcón, apoyando las piernas en la otra, y empiezo a escribir.

Creo que lo más interesante sería que se hubieran conocido a través de la ventana. Sí, perfecto. La de abajo será lesbiana y, la de enfrente, bisexual. ¿Alguna acaba de salir de una mala relación? No, pasando. No me gustan los dramas.

Estoy inventándome los nombres de las chicas cuando lo escucho carraspear de manera exagerada. Me obligo a no mirarlo para no darle el gusto, pero acabo haciéndolo cuando suelta:

—En el capítulo siguiente de *Mi jefe el seductor*, él, al fin, le dice a su mujer que se ha enamorado de otra...

¡Será capullo!

Sonríe cuando ve que me indigno. Está en mitad del salón con su ropa de niño pijo —¿es que no tiene nada de andar por casa?—, sus zapatillas de peluche y las manos en los bolsillos.

—¿Y sabes qué hace su mujer? ¡Contrata a un abogado para que...!

—¡Cállate!

Se me ha escapado. El plan era hacer como que no me importaba no haber continuado leyendo ese estúpido libro. Algo que ojalá fuera cierto. En realidad, pretendía rebuscar por la casa cuando David se despistara, encontrarlo y averiguar de una puñetera vez qué sucede después con la pobre secretaria.

—¡Además de drama, hay una escena maravillosa en la que él, cansado de fingir que no se siente atraído por la becaria, va hacia su mesa y...!

Salgo corriendo hacia la habitación, con David pisándome los talones y contándome con pelos y señales todo lo que hacen los personajes encima de la fotocopiadora. Revuelvo en la bolsa de basura que traje y saco los cascos. Tras conectarlos al móvil y poner música, suspiro con alivio y le lanzo una mirada triunfal.

Empieza a gritarme *spoilers*, así que subo el volumen y me encojo de hombros. Problema resuelto.

O eso creía.

Se coloca delante de mí, por mucho que me gire para intentar no verlo, y empieza a hacer mímica para explicar lo que ocurre en el cochino —en todos los sentidos— libro. Pero ¡¿qué demonios le pasa a este imbécil?! ¡Está representando con gestos una escena de sexo!

Podría cerrar los ojos —o sacármelos—, pero la verdad es que no puedo dejar de mirarlo alucinada. Cuando acaba su idilio con el aire, en el que ha interpretado con bastante detalle tanto el papel del jefe como el de la secretaria, se lanza al suelo de rodillas y finge que agarra a alguien y llora.

31

¿Será la esposa desdichada? No, no, creo que es el hombre, se ha señalado la entrepierna para que me quede claro. Y ahora qué... ¡Oh, no! ¿Se está haciendo el muerto? ¿Qué es eso que hace con las manos? ¡Una pistola! ¡Hay un asesinato! Vaya, y ahora hay alguien que tiene sexo otra vez. Va hacia el sofá y hace un gesto con las manos. Más amplio, parece. ¿Una cama? Creo que sí. Casi se me cae la mandíbula al suelo cuando David empieza a enrollarse con mucha pasión con uno de los cojines. Luego lo abraza y después... ¡joder!

Estallo en carcajadas, no puedo evitarlo. Jamás en mi vida he visto a alguien siendo tan increíblemente ridículo.

Creo que no quiere sonreír, pero veo sus comisuras temblando. Me hace gestos para que me quite los cascos y niego con la cabeza. Mira hacia el techo, exasperado, y empieza con la mímica otra vez.

¿Qué hace? ¡Ah! ¡Una sartén! ¿Y eso...?

—¿Un libro? —No escucho mi voz porque sigo con la música a todo trapo, pero él sí. Asiente con ímpetu—. No tengo ni puñetera idea de qué es eso. ¡Oh! ¿Tortitas? —Se cruza de brazos, muy satisfecho consigo mismo—. ¿Si te hago tortitas me devolverás el libro y dejarás de hacer el imbécil? —Tuerce el gesto ante el insulto, pero asiente de nuevo—. Trato hecho.

Nos miramos durante un minuto más, sin saber muy bien qué hacer ahora. Al final me giro y vuelvo al balcón, un poco molesta conmigo misma.

No tendría que haberme reído, ahora pensará que es gracioso.

Y no lo es. Para nada.

#ProyectoCuarentena

BRAINSTORMING: dos escenarios (el balcón de cada una de las chicas). Mamarracha y cuqui. ¿~~Drama?~~ No 'instalove' (PUAJ). ~~Cámara siguiéndolas desde el aire.~~ ¿Cómo mostrar el paso del tiempo? Ropa, **plantas que crecen**, subtítulo.

PERSONAJES:

— VECINA 1 (~~20~~ 25 años). ¿Dueña de una floristería? Mona, dulce, pelo largo y castaño. Voz suave, ¿tímida?, la típica mamá del grupo de colegas. Pocos amigos, pero buenos. Más de gatos. ~~Carla, Susana,~~ **Raquel**.

— VECINA 2 (22 años). Estudiante de ~~psicología~~ INEF. Influencer. Pelo corto, ¿cresta? ¡Mola! Voz de pito, de las que hablan muy deprisa. Mazo de amigos, superabierta. Perros. ~~Mar,~~ **Marina**.

LA SEMANA EN LA QUE SE ESFUERZAN

LARA

Cuando entro al portal y veo que el ascensor está fuera de servicio, se me cae el alma a los pies. Al subir por las escaleras hasta el sexto, donde está el piso de David, lo que se me caen son los pulmones.

Estoy destrozada. Y no porque no tenga fondo —que también—, sino por el día tan de mierda que he tenido hoy en el supermercado. Llevo trabajando ahí cinco meses, desde que me mudé a la residencia de estudiantes cuando empecé la universidad. Mis padres intentaron convencerme de que no hacía falta, que tenía que centrarme en mis estudios y todo eso. Y, a ver, claro que tengo que centrarme en ellos, pero en mi familia no sobra la pasta precisamente y las residencias no son baratas. Planteé alquilar una habitación, pero se negaron rotundamente porque «hay mucho loco suelto» y también porque «la última vez echaste Fairy en la lavadora y mira la que liaste». La otra opción era el transporte público, porque ni tengo carnet de conducir ni, claro, dinero para comprar un coche. El problema de esto no eran solo las cuatro horas que tardaba en ir y volver de la facultad, sino lo caro que es el abono transporte. Así que me emperré en conseguir un trabajo a media jornada para ayudar con los gastos.

Cuando empezó todo esto de la pandemia mundial y en mi residencia se dieron varios casos de infectados, mis padres me pidieron casi de rodillas que volviera a casa. Total, las clases iban a ser *online*. Me negué porque, de haberlo hecho, habría perdido el trabajo.

Mis padres tienen un bar en el pueblo. Es un sitio genial, pero da más disgustos que alegrías. Ya sabes: jornadas interminables, vacaciones casi inexistentes... Y nada de ganancias astronómicas. Lo justo para vivir y para de contar. Ahora han tenido que cerrarlo, así que lo poco que saco en el supermercado nos viene mejor que nunca.

¿Que por qué me quejo, entonces? Bueno, para empezar: me gusta quejarme y hasta la fecha es gratis. Para seguir: trabajar en un supermercado en mitad de una pandemia es una locura. Hoy he visto a dos abuelos pelearse a muerte por media docena de rollos de papel higiénico. Uno de ellos lo ha cogido antes, un poco a traición, y se lo ha metido corriendo en el carro. El otro, ni corto ni perezoso, se lo ha robado, abandonando el resto de su compra, y ha salido corriendo a menos de un kilómetro por hora por toda la tienda mientras el primero agitaba el bastón y gritaba: «¡seguridad, seguridad!».

Menudo cuadro.

Cuando llego sin aliento a la puerta de la casa y abro con la copia de las llaves que me dio David, me lo encuentro de una guisa increíble. Lleva lo que parece un gorro de ducha, guantes de fregar hasta los codos, mil trapos asomando de un delantal floreado y una cinta de deporte en la frente.

No tengo ni fuerzas para reírme, pero espero que sepa que por dentro me estoy burlando de él. Ha debido de estar limpiando otra vez, está obsesionado de una forma extraña con la limpieza.

Hace aspavientos con la mano con la que sujeta un estropajo mientras dice:

—¡Desinféctate bien! ¡Ni se te ocurra tocar nada antes de hacerlo! —Aprieto los puños, pero él sigue—: Me parece increíblemente egoísta que sigas trabajando estando como están las cosas. ¿Sabes lo fácil que es contagiarse? ¿Y si me lo pegas?

Vale, esto es el colmo. Lanzo el bolso al suelo y le chillo toda mi frustración acumulada:

—¡Llevamos mascarilla y guantes en el supermercado, idiota! ¡Y tenemos gel desinfectante! ¡Pero estoy planteándome no usarlos para contagiarte, a ver si así te callas de una vez!

Me mira como si le hubiera pegado un puñetazo en la nariz.

—No sabía que además de absurda fueras una asesina en potencia.

—¿Estás tonto? ¡Eres joven! ¡No te va a pasar nada si...!

—¡Soy factor de riesgo, ¿vale?!

Uy. Se quita uno de los guantes para pinzarse el puente de la nariz, mientras niega una y otra vez con la cabeza. Parece muy tocado por el tema, así que intuyo que debe pasarle algo muy gordo. Joder, vaya cagada. Cierro los ojos y respiro hondo antes de preguntarle con mucha más calma:

—¿Por qué?

—No quiero hablar de ello.

Vaya. ¿Tan malo es? Me agacho para rebuscar en el bolso el bote de gel desinfectante que me dio cuando me mudé aquí y me lo echo en las manos como una ofrenda de paz. No parece ser suficiente.

—Mira, lo siento. No tenía ni idea, ¿vale? —Sigue con el ceño fruncido, así que rebajo todavía más el tono—. No tienes de qué preocuparte, de verdad. Tomamos todas las medidas de seguridad. Si quieres, eh... puedo meter las zapatillas en una bolsa de basura y dejarla en la terraza. ¿Te parece bien?

Refunfuña algo por lo bajini, pero acaba aceptando mis disculpas.

DAVID

—He colocado una cesta con bolsas a la derecha —le explico en cuanto atraviesa la puerta.

Hoy también ha ido a trabajar. Un sábado, por Dios. ¿La esclavitud no se abolió hace cien años? O igual es algo más, reconozco que la Historia no es mi fuerte.

Lara parece al borde del ataque de nervios, pero gruñe algo y mete sus zapatos en una bolsa para dejarlos donde prometió.

Desde que anteayer le expliqué mi problema, se está portando bastante mejor conmigo. Tampoco bien, ¿eh? Ya casi no chilla, aunque se masajea las sienes con demasiada frecuencia cuando hablo con ella y le pido cosas básicas. Como que ponga las sábanas para lavar cada día o que eche lejía en el plato de la ducha después de usarla.

Tras cambiarse de ropa, se deja caer de golpe en el sillón y cierra los ojos.

—¿Por qué trabajas? —le pregunto, sentándome al lado.

Veo cómo aprieta los labios y, de nuevo, venga a toquetearse las sienes. Intuyo —siempre he tenido una gran capacidad analítica— que está deseando gritar que no es asunto mío. Pero en lugar de hacerlo, me lo explica. Durante el proceso no para de mirarme con desconfianza, como si estuviera esperando el momento en el que le dijera algo inapropiado para saltarme a la yugular.

¿Qué se cree que soy?, ¿adivino? ¿Cómo iba a saber que su familia estaba tan mal? En lugar de echárselo en cara, asiento y procuro no decir gran cosa porque la gente pobre suele estar a la defensiva con aquellos que tenemos la cartera llena. Sé que esto no es culpa mía, ni de mi madre —que se ha dejado la piel por conseguirlo—, pero confieso que me hace sentir un poco incómodo.

Me paso el resto del día dándole vueltas a qué puedo hacer para que se le olvide su situación económica. ¿Qué me haría feliz a mí si estuviera en su lugar? Además del dinero, claro, que aunque no puedo dárselo porque no es mío, dudo que lo aceptara.

Veamos... A mí me encanta la comida. ¿A quién no le gusta? Por muy rara que sea Lara, no creo que la rechazara. La he visto engullir como si el mundo se fuera a acabar mañana. Me suena que antes ha dicho que el domingo también le toca trabajar, así que puedo prepararle un táper para que se lo lleve al supermercado.

Abro el frigorífico y me encuentro con un montón de ingredientes que no tengo ni idea de para qué sirven y que ha ido trayendo ella de la tienda. Podría innovar, pero quizá lo mejor sea ir sobre seguro y preparar alguna de mis especialidades. Así que cojo pan de molde, mermelada, sal, lechuga, queso de cabra, atún en escabeche, aguacates, canela, un aceite carísimo —que nunca sé cuándo usar— y me pongo manos a la obra.

LARA

Vivir con David se parece bastante a vivir con Draco Malfoy. El problema es que David no tiene ningún Harry Potter con el que meterse, así que se limita a hablar constantemente de sí mismo y de todo lo que tiene. Intento pensar que no quiere alardear de ello, pero cada vez que me ofrece algo para que lo use se tira por lo menos cinco minutos explicándome lo carísimo que es y la calidad que tiene. «Puedes utilizar mi mascarilla para el pelo, Lara, me costó treinta euros y está hecha a base de aceite de coco, que por lo visto es fantástico para no sé qué del folículo capilar».

No lo mato porque no tengo fuerzas y porque, por exasperante que sea, parece que se está esforzando. No las tengo todas conmigo, pero quizá haya madurado y no siga siendo el mismo ser humano horrible que era cuando íbamos al instituto.

Desde que le conté la situación de mi familia está rarísimo. Lleva tres días preparándome la comida... o algo así. No quiero sonar como una desagradecida, pero tuve que escupir el primer —y único— bocado que di al sándwich. Lo suyo sería pedirle por favor que parara, aunque me da cosa. Parece muy satisfecho consigo mismo cuando vuelvo con el táper vacío y lo meto en el lavavajillas.

He estado dándole vueltas a que quizá sea población de riesgo por alguna enfermedad pulmonar importante. Lo he visto hacer ejercicio en casa y siempre parece asfixiado. Sea como fuere, intento mantener la calma porque entiendo que esté asustado.

Pero me lo pone muy difícil.

Ahora mismo, mientras estoy sentada en su sofá vampírico, no para de dar vueltas por el salón gesticulando una barbaridad.

—¡Se me está cayendo muchísimo el pelo, Lara! —Se lo revuelve con los dedos por enésima vez, dejándoselo de punta—. Estoy seguro de que es uno de los síntomas de la enfermedad. No dicen nada de eso por la tele para no asustar a la gente con alopecia, pero...

—Se te cae porque te lo has decolorado demasiado.

—¿Qué? ¡Es mi tono natural! —miente, con las mejillas al rojo vivo. Ni siquiera tengo que decirle que lo conozco desde hace años y que se le empiezan a notar las raíces. Aparta la mirada y cambia de tema—: ¿Qué me dices de la comida? ¡Cada día me sabe peor!

—Porque cocinas como el culo.

—¡Y me pica todo el cuerpo! —Se rasca de manera exagerada para enfatizarlo—. Oh, ¡y la cabeza me está matando!

Dejo el libro sobre la mesa y me llevo las manos a la

cara. «Sé agradable», me recuerdo, «puede estar al borde de la muerte».

—El cuerpo te pica porque no paras de restregarte gel desinfectante, que, por si no lo sabías, tiene alcohol —mascullo contra las palmas—. Lo de la cabeza es porque estás obligado a escuchar tus propias tonterías.

Lo estoy intentando, de verdad que sí.

—Últimamente me fatigo mucho, un síntoma claro de...

—¿Y si dejas de hacer yoga acrobático? Sugiero, vaya.

—Sin embargo —continúa, ignorándome por completo—, creo que lo más alarmante es que Antonio está cada vez más alejado de mí. —Me dedica una mirada rencorosa, como si yo tuviera la culpa de que el pobre animal esté harto de él—. Debe de haber detectado con sus sentidos felinos que estoy terminal. Oye, ¿y si llamas al centro de salud para explicarles todo esto? No puedo ir en persona porque soy personal de riesgo, pero quizá así manden a un médico a casa. O una ambulancia.

O un psiquiatra.

—¿Por qué demonios no llamas tú?

—No estoy preparado para que verifiquen que estoy a punto de morir —refunfuña.

¿Que por qué lo hago? Una parte de mí, muy pero que muy pequeña, está preocupada de verdad por su salud. La otra quiere que se calle de una puñetera vez.

Me pasa su móvil, buscamos el teléfono en internet y espero a que me lo cojan mientras él revolotea a mi alrededor como un niño con sobredosis de azúcar. Me atiende una mujer bastante agradable y, cuando le cuento la situación, me dice que va a hacerme varias preguntas para verificar si David parece o no contagiado. Si lo estuviera, me cuenta, mandarían a alguien a casa para que le hiciera las pruebas y, a partir de ahí, ya veríamos cuál es el mejor procedimiento.

—Me están preguntando que si tienes o has tenido fiebre estos días —le voy diciendo.

—No.

—¿Tos?

—Tampoco.

—¿Problemas para respirar?

—Bueno... Depende. Últimamente no, pero, claro, tampoco he estado expuesto a la tiza. —La operadora permanece callada y yo arqueo las cejas para que explique la ridiculez que acaba de soltar—. Tengo alergia, a la tiza, digo. Ese es mi factor de riesgo. En la universidad lo pasaba muy mal y tenía que sentarme en la última fila para...

Cierro los ojos un instante y, cuando los vuelvo a abrir, procuro no gritar.

—Tiza. Crees que eres personal de riesgo porque tienes alergia a la tiza. —Lo veo asentir, muy convencido.

Me despido de la enfermera, pidiéndole disculpas. No sé si las acepta sin enfadarse porque está igual de alucinada que yo por la imbecilidad de David o porque cree que ya tengo castigo suficiente al vivir con él.

Le devuelvo el teléfono mientras me aseguro de algo:

—¿Has montado todo este drama porque eres alérgico a la tiza?

—Sí. Es un tema muy serio, ¿sabes? ¡Me han llegado hasta a salir ronchas!

—Eres tontísimo.

Una vez se lo dejo claro, me voy a la habitación y me encierro dando un portazo. ¡¿Me ha estado vacilando todo este tiempo?! ¡Y yo preocupada por él!

Se acabó la tregua.

La historia empieza con Raquel regando las plantas y viendo por primera vez a Marina. ¿Por qué no se conocían? Mudanza reciente, vale. Cómo las vi el primer día: regadera en el suelo, nerviosismo y la sonrisa de infarto de Marina. NO 'INSTALOVE' (pero es su tipo total, jeje).

Dejar claro que Marina es bisexual. ¿Llamada de su ex, un tío (Carlos)? **Cero dramas**, se llevan bien. ¡Raquel puede escuchar desde su balcón! Dudas (ella es lesbiana).

Incluir a Marina haciendo ejercicio frente a la ventana y a la otra disimulando fatal.

LA SEMANA
EN LA QUE
TOÑO CAMBIA
DE BANDO

DAVID

Lleva cinco días sin hablarme, ¡cinco! Cuando nos cruzamos en la casa, se limita a lanzarme una mirada desagradable y a rebuznar.

He dejado de prepararle el almuerzo para el trabajo. Lo cierto es que se lo hice durante un par de días más, pero vi que ni se había molestado en coger el táper. ¿Cómo se atreve?

—No tengo la culpa, no me mires así —empiezo—. ¿Que quizá exagerara lo de la alergia? Puede, aunque sigo sin tener claro que eso no me convierta en personal de riesgo. La información que he sacado de internet no me parece fiable. —Pego la mejilla a la tripa calva de Antonio y sigo diciéndole—: creo que lo mínimo cuando alguien te acoge en su casa es hacerle caso, ¿no crees? ¿Que no puedes contribuir económicamente? No pasa nada, tengo la tarjeta de mi madre, ¡pero esfuérzate por amenizarme el confinamiento, al menos! Vamos, digo yo. Eh, Antonio, ¿adónde vas?

Sigo al gato por la casa, hasta que lo veo subirse al regazo de Lara, que vuelve a estar en el dichoso balcón con un cuaderno haciendo quién sabe qué.

Esto es el colmo. No solo me ignora la okupa, sino también Antonio. Intento decirle con la mirada que es un traidor inmundo —aunque suave y adorable—, pero tiene los ojos cerrados mientras ella lo acaricia detrás de las orejas con aire distraído.

Voy hacia donde están, apoyo el hombro sobre el marco de la ventana y me cruzo de brazos. Nada, que ni caso. Carraspeo varias veces. Sé que me oye porque percibo una

51

especie de tic en el ojo, por mucho que tenga esas ridículas gafas de sol con cristales amarillos puestas. ¿Quién lleva gafas de sol con un chándal fluorescente gigante?

—Has dejado de hacer tortitas. —Se lo digo con frialdad, pero dándole la oportunidad de que me pida disculpas. No lo hace y, para colmo, el gato empieza a ronronear. Se me tensa hasta el último músculo del cuerpo—. Por si te habías olvidado, teníamos un trato. Mi libro a cambio del desayuno. Así que ya puedes ir devolviéndomelo.

—Me da igual —murmura mientras toma notas—, ya lo he leído.

—¿Sabes que tiene continuación?

¡Ja! Eso no se lo esperaba, ¿eh?

—Ajá. Me la he leído también.

Será... Vale, calma. ¿Qué era lo que siempre decía mi madre? «Para hacer amigos, cielo, lo mejor es empezar proponiéndoles algún plan interesante». No es que quiera que Lara sea mi amiga, pero no tiene que ser tan difícil que se dé cuenta de que ignorarme ha sido una decisión espantosa.

Así que pongo la televisión y busco una película. A todo el mundo le gusta el cine, da igual lo raro que sea. Escojo una comedia romántica que he visto más veces de las que pienso reconocer y subo el volumen. Si se ha enganchado a *Mi jefe el seductor*, esto debería llamar su atención. La pareja protagonista también se conoce en una oficina, aunque acaban fatal.

La miro de reojo, continúa escribiendo, subo todavía más el volumen... No hay manera. Me rindo cuando la televisión está tan alta como la de la vecina de arriba, una mujer que tiene unos doscientos años y un audífono que siempre pierde.

Cuando era más pequeño, a mi madre le preocupaba que me aburriera por dejarme tanto tiempo solo, por eso se empeñaba en darme consejos para hacer amigos. «Demuéstrales quién eres y qué te gusta», repetía. En el pueblo era más fácil, al fin y al cabo solo había dos colegios y un instituto, así que a la fuerza acababas creando lazos con algunas personas, aunque solo fuera por haber estado obligado a pasar con ellas tanto tiempo.

Cuando me mudé a Madrid al principio pensé que sería coser y cantar. Al fin y al cabo, iba a ir a clase con gente que estudiaba lo mismo que yo. Pues no. Salvo contadas excepciones, a la gente le importaba entre poco y nada la carrera y lo único que querían era salir de fiesta. A mí también me gusta, ojo, pero ¿cómo voy a contarle a esa gente cosas sobre mí si estamos toda la noche metidos en una discoteca? ¿Cómo demonios se conecta con alguien que quiere beber a toda prisa en la calle para entrar en un antro a determinada hora porque sale más barato? ¿Cómo han hecho algunos de ellos para crear esos grupitos?

Hablaría del tema con mis antiguos colegas del pueblo, pero hemos perdido casi todo el contacto. Por lo visto están demasiado ocupados con sus nuevos amigos y con las clases. Y, mira, puede que quiera tener gente a mi lado, pero tampoco voy a mendigar.

¿Le estaré mendigando atención a Lara ahora mismo?

No, para nada. Solo estoy enseñándole lo que se pierde por no hacerme caso. Eso es.

Quito la película y conecto la Play para poner el *Sing-Star*, también conocido como el mejor juego del mundo. Además, no es por alardear, pero canto de maravilla. Selecciono mi tema favorito —*Respect*, de Aretha Franklin—, me aclaro la garganta y lo doy todo.

Ahora sí que me mira. Incluso cierra el cuaderno y lo coloca en el suelo, con los ojos como platos. «Sorprendida por mi talento oculto, ¿eh?», quiero decirle. Me contengo y me limito a sonreír y a vivir al máximo el estribillo. Cuando he terminado ni siquiera me fijo en la puntuación —todo el mundo sabe que en este juego es lo de menos—. Me cruzo de brazos y espero a que reconozca lo inevitable: que le encanta lo que acabo de hacer y que le gustaría mucho participar.

—Cantas tan increíblemente mal que sigo intentando procesarlo —suelta.

—¿Tienes problemas de oído? Mira, si quieres jugar no hace falta que te hagas la dura, dilo y punto.

—Lo que quiero es quemar la consola y después lanzarme a ese fuego para olvidar lo que acabo de presenciar.

Arrojo el micrófono contra el sofá y salgo al puñetero balcón hecho una furia. Me apoyo en la barandilla y empiezo a escudriñar alrededor para saber qué es lo que lleva días mirando y fingiendo que es más interesante que yo.

—¿Qué haces? ¡Vuelve dentro!

Parece nerviosa, ¿estará haciendo algo ilegal? Quizá haya

pillado a algún vecino cambiándose de ropa delante de la ventana y esté aquí esperando a que vuelva a desnudarse. No me sorprendería para nada que fuera la versión *voyeur* de la vieja del visillo. Eso explicaría muchas cosas: que se empeñe en usar esas gafas de sol cuando el cielo está cubierto y el modo en el que me mira cuando me voy a dormir. Lo hago en calzoncillos porque me pone nervioso que el pijama se me enrede en el cuerpo al cambiar de posición, y como por su culpa me he visto relegado al sofá, se ha cruzado varias veces conmigo estando de esa guisa. Y no es por ser creído, nada más lejos, pero se nota que le ha gustado lo que ha visto. Nadie que no se sienta incómodo por un arrebato de lujuria aparta la mirada tan rápido.

¿El vecino al que espía ahora estará más bueno que yo? Lo dudo mucho.

—¿Quién es? —exijo saber, inclinándome tanto en la barandilla que estoy a punto de caerme—. ¿Dónde está ese tío?

—¿Se puede saber de qué estás hablando? —Trata de disimular, pero su histerismo la delata. Está cada vez más encogida en la silla.

—¡De tu voyerismo vecinal! Sé perfectamente que sales aquí para ver a alguien en pelotas.

—¡¿Estás loco?! —Me agarra del jersey y tira de mí, intentando meterme dentro del salón, así que me aferro con más fuerza a la barandilla y empiezo a gritar. Casi se me sube en la espalda para taparme la boca, pero no dejo de revolverme hasta que promete—: Si pasas dentro te lo explico, ¡para de una vez!

LARA

—¿Y bien? —se impacienta. Tiene los brazos cruzados y taconea con sus ridículas pantuflas en el suelo.

Sé que no le debo nada, y mucho menos una explicación, pero me da miedo que las vecinas se den cuenta de lo que estoy haciendo y se escondan. Y ya no solo porque me fastidiaría el guion que he inspirado en ellas, sino porque podría interrumpir lo que sea que se traen entre manos y sería una pena.

—Siéntate —le pido, palmeando el sofá sobre el que estoy con las piernas cruzadas. Rezonga un poco antes de ceder—. ¿Sabes lo que estudio?

Espero que no se note el rencor con el que se lo digo, aunque me cabrea una barbaridad que yo supiera perfectamente qué carrera hacía —incluso sin ver los libros que había en su habitación— y él no.

—Por supuesto que sí —dice, sorprendiéndome—: Bellas Artes.

Es tan tonto que me pregunto si le dan subvención. O sea, ¿cómo puede inventarse algo y lanzarlo con esos aires de amo y señor del universo? No sé ni dibujar, por Dios. Si te vas a tirar un farol, al menos básalo en algo.

Me paso una mano por la cara y respiro hondo varias veces.

—Estudio Comunicación Audiovisual. —Busco algún tipo de vergüenza en su expresión y, por supuesto, no la encuentro. Tampoco noto ese aire de burla que suelen tener algunas personas cada vez que comentas que haces una carrera medianamente artística. De todas formas quizá sea pronto, así que sigo pinchando. Si se ríe, me veré obligada a estamparle el cuaderno en la cabeza y a desquitarme escondiendo sus apuntes de ADE—. Ya sabes, cine. Quiero dedicarme a eso, a hacer guiones para películas.

Nos observamos durante unos instantes. Yo, con el ceño fruncido; él, acariciándose la barbilla con aire pensativo.

—Vale. ¿Qué tipo de películas?

—No tengo ni idea —reconozco a regañadientes—. No pretendo ganar premios ni nada por el estilo. Solo quiero hacer historias entretenidas. El tipo de peli que te apetece ver mil veces cuando estás de bajón porque te saca una sonrisa.

Ahora es cuando me dice que es una pérdida de tiempo, que tengo que tener miras más altas o que debería de haber buscado una carrera más realista. Otra opción es que me salte, tal y como hicieron mis padres, con que trabajar de guionista es dificilísimo y que debería ir planteándome alternativas.

—¿Se gana mucho haciendo eso?

Ahí está.

—Pues no, no suele ganarse mucho. Lo cierto es que es muy complicado que te acepten algo. —Sonrío con suficiencia y me preparo para gritar.

—Ya veo. —Se remueve incómodo y se lo piensa antes de preguntar—: ¿Y te gusta?

—Eh... Sí, claro, por eso lo hago.

Asiente varias veces.

—Eso está bien.

—Supongo.

¿Qué demonios? ¿Por qué me mira con tanta concentración? Cada día tengo menos claro de qué va este chico. Siempre me ha parecido una persona increíblemente egocéntrica. Sigo sin saber si ha cambiado o en el fondo le importa una mierda qué quiero hacer con mi vida y solo trata de que nos llevemos bien para que deje de ignorarlo.

Cada vez que me cruzaba con él en el pueblo lo veía tratando de destacar, pavoneándose como si los demás tuviéramos que besar el suelo que pisaba o algo por el estilo. Por desgracia, había gente que caía rendida a sus pies, gente a la que no parecía importarle que estuviera todo el santo día hablando de sí mismo o que se esforzara por tener siempre la última palabra.

Como Carlota.

—¿Y a quién espías? —pregunta, devolviéndome al presente.

—¿Eh?

—En el balcón. Me has explicado qué estudias, muy bien, pero ¿por qué sales todos los días con esas cosas —señala mis gafas de sol— y tomas notas?

—Tengo que entregar un guion para una asignatura de la carrera. Y esto —toco la patilla de las gafas— es porque olvidé las de ver en la residencia. También están graduadas.

—Ajá. Bien. —Mueve la muñeca como si estuviera espantando un bicho—. ¿El guion entonces va sobre algún tío que se cambia de ropa delante de la ventana?

—¿De dónde leches has sacado eso? ¡No! ¡Va sobre dos chicas que...!

Me interrumpo y me cruzo de brazos, girándome para no encararlo. No tengo por qué decirle más. Acordarme de lo de Carlota ha vuelto a sacar a la superficie uno de los mil motivos por los que odio a este imbécil. El más grande. ¿Qué importa que ahora esté esforzándose? ¡Lo que hizo fue horrible!

—Si no me lo dices, saldré contigo todos los días hasta que lo averigüe.

—¡Estoy preparando un dichoso guion sobre dos chicas que se enamoran a través de sus ventanas, imbécil!

No tendría que haber cedido. Ni contándole eso, ni mirándolo. Noto que las comisuras empiezan a treparle por las mejillas, como si su sonrisa fuera una serpiente venenosa. Sé muy bien lo que va a decir antes de que lo haga.

—Así que dos chicas, ¿eh? Suena como una película que querría ver para alegrarme, ya sabes a qué me refiero. ¿Y se desnudan delante de...?

Me pongo en pie de un salto, muchísimo más furiosa que cuando me hizo preocuparme por él con aquella ridiculez de la tiza. Más incluso que cuando mis padres me obligaron a pasar la cuarentena con el tío más idiota del mundo.

No solo no ha cambiado, sino que es todavía peor que antes.

Me arden los ojos y sé que si grito me va a temblar la voz, así que me limito a dar media vuelta y encerrarme en la habitación.

LA SEMANA
EN LA QUE
APARECE
CARLOTA

LARA

Me niego hasta a salir al balcón con tal de no cruzarme con él, así que hace días que el guion no avanza. Podría tirar de inventiva, pero con el cabreo que tengo seguro que la historia de las chicas de la ventana acabaría convirtiéndose en un drama con mucha gente imbécil que hace comentarios horribles sobre su relación.

Sé que no soy la persona más paciente del mundo, pero de verdad que este tipo de cosas son las que más aborrezco. Y pensé que después de lo de Carlota no podía odiar más a David, ¡ja!

Conocí a Carlota cuando íbamos a tercero de la E.S.O. Ella acababa de mudarse al pueblo y, en cuanto entró en el instituto y nos tocó en la misma clase, conectamos enseguida. No nos parecíamos en absolutamente nada, y quizá eso fuera lo mejor porque nos complementábamos. Mientras que yo solía tener la cabeza en las nubes y me dedicaba a soñar con un montón de películas que estaban por escribirse, ella me sujetaba para que pusiera los pies en el suelo y me hablaba de exámenes y de esa historia de amor que quería vivir.

Durante un año, creí que era una especie de indirecta. Lo hacíamos todo juntas: nos pasábamos horas hablando por teléfono o en una habitación, cada una dedicándose a algo distinto. Yo, leyendo; ella, posteando fotos nuestras en las redes sociales. Teníamos química, estaba convencida de ello, así que cuando acabó confesándome que estaba enamorada de David me sentó como si acabara de lanzarme un cubo de agua helada. Pero la quería muchísimo, así que hice lo que tenía que hacer: animarla a confesar su amor. Carlota era una chica preciosa, con su melena negra larguísima y los ojos rasgados y oscuros. David no me caía especialmente bien, pero dudaba que fuera a rechazar a alguien tan fantástico como ella.

Y no lo hizo. Cuando mi mejor amiga apareció un día en mi casa con las mejillas al rojo vivo y esa sonrisa que no le cabía en la cara, supe que le había dicho que sí. Salté con ella encima de la cama, incluso nos tomamos a escondidas una copa de vino de la despensa de mis padres que sabía a rayos. Ella se sentía invencible y yo estaba feliz. O todo lo feliz que puedes estar cuando la persona que te gusta empieza a salir con otro...

Fueron dos meses difíciles en los que me vi relegada a un segundo plano en su vida. Siempre he sido muy sociable y no me faltaba gente con la que quedar, pero la echaba de menos. Sin embargo, habría preferido seguir echándola de menos a que me dijera, destrozada, que David la había dejado sin darle ningún tipo de explicación. ¿Cómo podía ser tan cruel? Que no iba a funcionar, le soltó. Carlota era perfecta, así que el único culpable de que no funcionara tenía que ser él.

Me fijé más en David a partir de ese momento, y cada cosa que hacía me ponía los nervios de punta. Siempre gritando y llamando la atención, con esa estúpida sonrisa que no hacía juego con las lágrimas de Carlota.

Y resulta que además de ser un capullo que usa a las mujeres, como hizo con Carlota, es un cerdo que hace comentarios desagradables cuando dos chicas están juntas.

He tenido que tragarme varios de esos comentarios por parte de otras personas cuando estuve saliendo con Saray, hace cosa de un año. Tíos que se nos acercaban para preguntarnos si necesitábamos ayuda, que se nos quedaban mirando cada vez que nos dábamos un beso, que nos decían que en realidad estábamos fingiendo ser pareja porque no sabíamos cómo rechazarlos. Y más, mucho más.

No suelo llorar casi nunca, al menos no por cosas reales. Cuando veo o leo una historia bonita, soy la primera en necesitar un clínex, pero tiendo a guardarme el dolor para mí si algo me afecta personalmente. Sin embargo, este tipo de actitudes asquerosas siempre me forman un nudo a la altura de la garganta que tarda días en desenredarse.

DAVID

¿Se puede saber qué he hecho ahora? Después de que se marchara hecha un basilisco, me quedé un rato en el salón con cara de idiota. Decidí que lo mejor era dejar que se diera cuenta por sí misma de que había actuado de manera ridícula y desproporcionada, pero han pasado varios días y todavía no ha venido de rodillas suplicando mi perdón.

En mi lista mental de defectos de Lara, que tiene ya varias páginas, apunto en mayúscula: «cabezota y orgullosa».

Miro a Antonio, que parece estar diciéndome con sus ojos enormes que él tampoco entiende qué sucede y que, por supuesto, tengo razón. «Se lo has dado todo», me promete mientras se hace una bola en el sofá, «deberías dejarle claro lo desagradecida que está siendo».

Pues sí.

Me remango el jersey —con cuidado, para no darlo de sí— y voy hacia mi habitación pisando fuerte.

Abro la puerta de golpe y me la encuentro viendo una película en el portátil. Intenta hablar, pero me adelanto:

—¡¿Y ahora qué te pasa?! ¡Eres increíble! ¡Te he permitido vivir en mi casa cuando lo has necesitado, te he regalado dos botes de gel desinfectante con lo difícil que es conseguirlo, te he cedido mi habitación, te he preparado la comida...! ¡Hasta te he dado la clave del wifi y de Netflix! ¡¿Y qué haces tú?! ¡Comportarte como si estuvieras mal de la cabeza!

Abre y cierra varias veces la boca, impresionada por mi discurso. Es normal, no suelo perder la compostura, pero soy muy bueno argumentando. Estará dándole vueltas a cómo pedirme disculpas.

—Dios, cómo te odio.

O no.

—¡¿Perdona?! ¡Mira, no tengo la culpa de que seas pobre, ni de que tengas que trabajar en ese estúpido supermercado, ni siquiera de que te guste el voyerismo vecinal! ¿Lo que te fastidia es que tenga más dinero que tú? ¡Pues lo siento! ¡Pero odiarme por eso me parece una actitud ridícula, además de desagradecida porque, por si no te has dado cuenta, estás aquí de gratis!

Aparta de malas maneras el ordenador que tiene encima y se pone en pie para encararme. Se acerca tanto que estoy a punto de recular. Por suerte no lo hago y consigo mantenerme firme, cruzándome de brazos y separando un poco las piernas.

—¡¿Sabes por qué te odio, imbécil?! —Me apunta con un dedo al pecho y empieza a darme toquecitos. Ay—. ¡Porque eres un cerdo! ¿Te acuerdas de Carlota, acaso? Oh, no, seguro que no. Seguro que para ti no es más que otra chica a la que le destrozaste la vida.

—Claro que me acuerdo de Carlota —contesto, confuso. ¿Qué demonios tiene que ver mi ex con lo que pasó el otro día?

—¡¿Ah, sí?! ¡Entonces tu minúsculo cerebro quizá también recuerde que la dejaste sin darle ningún tipo de explicación! ¡La destrozaste! ¡Y después te paseabas por el instituto como si no hubiera sucedido nada mientras ella lloraba! ¡Eres un tío horrible!

—¡¿Que no le di explicaciones...?! —Mi risa suena más a un ladrido que a una carcajada. Esto sí que es el colmo—. ¡¿Te has molestado acaso en preguntarme qué pasó?! ¡Pues claro que no! Con una versión es suficiente, ¿no? —Sigue con la misma actitud desafiante, así que acabo reventando. Esbozo con muchísimo esfuerzo una sonrisa y le suelto—: Así que todo esto es por una chica con la que salí hace más de dos años, ¿eh? Qué pasa, ¿que te jodió que estuviera con tu amiga en lugar de contigo? ¡Pues tampoco tengo la culpa de que te pillaras por mí y no te hiciera caso!

Me da tal empujón que estoy a punto de perder el equilibrio y caer de culo. Cuando me grita, me fijo en que parece a punto de llorar. ¿Tan enamorada estaba? A ver, es cierto que la cacé más de una vez mirándome con mucha intensidad, pero...

—¡¡La que me gustaba era Carlota, pedazo de gilipollas!!

¿Qué?

Ahora es mi turno de quedarme con la boca abierta, alucinado. Mientras intento ordenar las piezas, a ella empiezan a escurrírsele los lagrimones. Sale de la habitación golpeándome con el hombro al pasar y se mete en el baño.

Joder. Me froto la cara, agobiado, y vuelvo al salón. Me siento al lado de Antonio y me quedo un buen rato mirando al techo.

A Lara le gustaba Carlota. No yo, mi exnovia. O sea, las mujeres. ¿Por eso miraba a las vecinas? Tiene cierta lógica. Cuando pienso en ellas, me viene de golpe el comentario que le hice y me llevo las manos a la nuca.

Por primera vez en la cuarentena, le doy la razón a Lara: soy un gilipollas.

LARA

—¿Se lo has contado a tus padres?

Sujeto el teléfono con el hombro mientras busco las llaves en el bolso.

—No —contesto—. Sabes que si les digo que la situación con David es una mierda volverán a insistir en que me vuelva al pueblo con ellos. Mi madre me llamó ayer...

¡anda, acabo de encontrar unas medias! ¿Cómo han acabado aquí?

—Lara, ¿qué se supone que estás haciendo? —me pregunta Ruth. Noto su sonrisa a través del móvil.

—Intentando abrir el portal. Da igual. El caso es que cuando hablé con ella le dije que todo iba bien, pero estoy muy harta, tía.

—Ojalá pudieras venirte a mi piso.

—Pues sí. ¡Aquí estáis, capullas! —Agito el llavero, triunfal—. Pero ya sois seis en tres habitaciones. Además, me pilla lejísimos del trabajo y tendría que explicarles el motivo a mis padres. En fin, que me limitaré a ignorar a este imbécil durante el tiempo que quede de cuarentena y ya está. No puede durar mucho más, ¿no?

—Eh... No estaría yo tan segura —me contradice—. Por cierto, ¿te importa si baso el guion que nos ha pedido Carmen en tu situación?

—¿Por qué? ¿Vas a hacerlo de terror? —Se ríe mientras voy subiendo las escaleras porque el dichoso ascensor sigue estropeado.

—¿Bromeas? ¡De amor! ¿Dos personas encerradas en un piso durante semanas? ¡Menuda salsa, amiga! —Bufo, pero ella sigue, cada vez más emocionada—: ¿Está bueno el chico? Podrías mandarme una foto.

—No está bueno. Nada. Cero.

—¿Cómo es?

—Muy alto. Metro ochenta y mucho. Y rubio. Tiene los ojos azules y está pálido como...

—¿Un principito? Suena de maravilla.

69

—Como un muerto —gruño. Busco defectos a toda prisa para que mi compañera de clase no se piense lo que no es—. Tiene las piernas demasiado largas y... eh... una cicatriz en la ceja.

—Por lo que más quieras, Lara, hazle una foto y mándamela. Y si decides no quedártelo, pásame su teléfono.

—Todo tuyo. Aunque no tengo su número. Bueno, te dejo, que voy a entrar en casa.

Tras colgar, después de que Ruth me suelte una ridiculez sobre que tendemos a no considerar atractiva a la gente que nos cae mal, aunque lo sea, y que debería darme una alegría con mi peor enemigo, abro la puerta y dejo mis zapatillas tiradas en la entrada. No pienso volver a meterlas en sus malditas bolsas.

Al salir ayer del baño y volver a mi habitación, David ya se había marchado. Y esta mañana he procurado irme de casa media hora antes, cuando todavía estaba dormido, para no hablar con él.

No es solo por el enfado. Aunque no lo reconocería ni bajo amenaza de tortura, también tengo algo de miedo. La gente tiende a pensar que cuando no eres heterosexual tienes que salir del armario en una sola ocasión. ¡Ojalá! Pero no, tienes que hacerlo constantemente, cada vez que conoces a alguien nuevo. Puede ir bien, como con mis padres, que supieron incluso antes que yo que me había pillado por Carlota. O mal, como con Raquel, una amiga del instituto que decidió que no volvería a cambiarse de ropa delante de mí «por si acaso».

Obviamente dejé de hablar con ella. También con Carlota, por cierto. A mitad de segundo de bachillerato su familia volvió a mudarse —a Alemania, esta vez— y poco a poco perdimos el contacto.

Enfilo hacia mi habitación mirando al suelo, algo más rápido de la cuenta, pero al llegar a la puerta me detengo en seco. Está llena de pósits. Debe de haber por lo menos cincuenta. Son de distintos colores. La mayoría amarillos, pero también hay varios azules y uno, abajo del todo, verde.

Los voy despegando en orden para leerlos. El primero de los amarillos dice:

«La vecina de abajo se llama Sofía y estudia Biología o algo así. Me lo dijo cuando me mudé y nos cruzamos en el ascensor».

En el resto me cuenta más cosas, como que tiene veintidós años y que siempre parece llevar vestidos de flores. Incluso en invierno, lo que por lo visto le parece una horterada. Que la de enfrente no sabe cómo se llama, pero que es monitora en un gimnasio de la zona.

Hay por lo menos quince en los que me explica con pelos y señales lo que han hecho las chicas hoy. «Sofía ha estado a punto de ahogar sus geranios por regarlos durante demasiado tiempo mientras miraba a la otra». «La de enfrente se ha asomado cuando la ha visto y ha saludado con la mano, así que Sofía ha soltado un grito (CONTINÚA)», «y se ha metido corriendo en su casa. Está pillada, no hay duda».

Cuando empiezo a leer los pósits de color azul, me muerdo el labio inferior y me escuecen los ojos. «Una vez me morreé con Jaime, el del pueblo, y aunque no sea lo mío no me parece algo asqueroso ni nada por el estilo», «Es genial que la gente se quiera y todo eso», «Estoy totalmente de acuerdo con que dos chicas salgan juntas». En este ha rodeado «de acuerdo» y ha añadido «aunque no tengo por qué ya que no es asunto mío».

Despego el verde, el último. Ha hecho la letra minúscula para que cupiera todo el mensaje:

«He sido un gilipollas. Lo siento mucho. No por haber dejado a Carlota (todavía tienes que escuchar mi versión), sino por haberte hecho sentir incómoda. Me parece genial que te gusten las chicas. O sea, que me da igual. Y que muy bien». Creo que ese garabato horrible que hay en la esquina es un Toño arrepentido con un bocadillo en el que se lee «perdónalo».

Mi boca sonríe sin permiso mientras me guardo los mensajes en el bolso. Ha debido de tirarse horas montando guardia para contarme qué han hecho las vecinas y escribiendo todas las notas.

Suelto el bolso en la habitación y voy a buscarlo para decirle que acepto sus disculpas. También le dejaré claro que como haga algún otro comentario raro sobre chicas que salen con otras chicas le pegaré un puñetazo. No sé cuál será su versión sobre el asunto de Carlota, pero supongo que lo justo es escucharla.

No lo encuentro ni en el salón ni en la cocina, así que doy por hecho que estará en el baño. La puerta está cerrada y, por si acaso, pego la oreja antes de abrir. Al no escuchar el agua correr, pero sí un par de quejas, doy por sentado que estará limpiando, por lo que tiro de la manija y me lo encuentro en pelotas.

Está delante del espejo, con el pelo de punta, una brocha en la mano y las raíces oscuras llenas de una pasta blanca que intuyo que será decolorante. Pero nada de eso importa ahora.

Se ha girado hacia mí con cara de susto, rojo hasta las orejas. Como no se tapa —sigue sujetando la brocha y un mechón de pelo hacia arriba—, mis ojos se dan de bruces con su... eh... pene. Sé que debería apartar la vista, pero mi cerebro ha cortocircuitado y no está para darle órdenes al resto del cuerpo. Eso sí, mi cerebro no se calla. Dice cosas como: «Mira eso, Lara, mira cómo cuelga», «Si te descuidas puedes tropezarte en esa uve sexy de las caderas y abrirte la crisma» o «¿No te parece mal que se pase el día vestido cuando tiene todo esto debajo de la ropa?».

—No quería mancharme. —Su voz intenta sonar despreocupada, pero le sale fatal, como un graznido. Ni siquiera sé de qué demonios está hablando, aunque hago un esfuerzo titánico por volver a mirarlo a los ojos cuando gira el tronco inferior para apartar el pito de mi campo de visión y me enseña su culo blanco—. Me he cargado una camisa.

—Claro. —«¡Di algo más, Lara!»—. Solo venía a darte las gracias por los... hum... pósits. Y a aceptar tus disculpas, eso es. —Y había algo sobre un puñetazo que no recuerdo.

Carraspea mientras avanza hacia la ducha, sin dejar de observarme con horror. Consigue meterse dentro, todavía con las manos ocupadas, y taparse con la mampara. No sirve de gran cosa porque aunque sea traslúcida sigo intuyéndolo todo. Y aunque no lo hiciera, es probable que la imagen de él desnudo se me haya grabado a fuego en las retinas.

—No he visto nada —miento como una bellaca.

¡¿Que no he visto nada?! ¡Si casi se me salen los ojos de las cuencas y se ponen a bailar en torno a su...!

—Claro.

—Voy a la habitación para —buscar cómo viajar atrás en el tiempo— hacer cosas importantes.

—Vale.

DAVID

Creo que mi corazón se ha multiplicado porque lo siento latir en todas partes. En las sienes, en la garganta, en el estómago y también un poco más abajo. Ni siquiera es porque esté excitado, te lo juro. Me pasó lo mismo cuando iba a segundo o tercero de E.S.O. y el profesor de Matemáticas me sacó a la pizarra a hacer un ejercicio que no tenía ni idea de cómo resolver. Son los nervios, ese «por favor, no te levantes ahora» que le suplicas a cierta parte de tu anatomía en vano, porque ella ya ha decidido por cuenta y riesgo asomarse a saludar.

Seguro que Lara se ha dado cuenta. ¡Para no hacerlo! ¿Y si ahora piensa que me pone cachondo que me vea desnudo? No me sorprendería después de la discusión del otro día. ¡¿Cómo demonios le voy a pedir disculpas y a intentar que se dé cuenta de que no soy un cerdo?! ¡Voy a tener que poner pósits hasta en el techo! Empezando por algo como: «Te prometo que no se me pone dura porque seas lesbiana».

En realidad ni siquiera sé si lo es, de hecho me suena haberla visto besando a algún chico en una de las fiestas del pueblo. Preguntárselo ahora está descartado, claro, pero quizá pueda hacer una búsqueda en internet más tarde. «Cómo saber si a tu compañera de piso le interesan únicamente las mujeres Yahoo Respuestas».

Se me está yendo la cabeza. Y hablando de eso: el cuero cabelludo empieza a picarme y escocerme mogollón. Me aclaro el pelo, aprovechando que todavía estoy metido en la ducha, y cuando me enfrento de nuevo al espejo suelto un grito.

¡¿Qué demonios?! Las raíces, que deberían de haberse quedado del mismo tono blanquecino que el resto del pelo, son de color naranja fluorescente. Y ni siquiera todas. ¡¿Qué hago ahora, me rapo?!

No, no, no. «Respira hondo, David», me exijo, «eres una persona muy inteligente, ¡demuéstralo!». Eso es. Puedo matar dos pájaros de un tiro. Me refiero a que si ahora voy a pedirle ayuda a Lara con esto, podré comprobar si está haciendo las maletas porque cree que soy un pervertido, además de, con suerte, conseguir que arregle el estropicio que me he hecho en el pelo. El suyo es un esperpento, pero da igual, que crea que confío en ella salvará la situación.

Todo saldrá bien.

Abro la puerta del baño y la vuelvo a cerrar de golpe cuando caigo en la cuenta de que sigo desnudo. Me visto a toda prisa y me doy un par de tortas para quitarme la cara de susto y animarme a hacer de tripas corazón.

Llamo varias veces, incluso después de escuchar ese tibio «pasa». Por si acaso. Respiro hondo, me abofeteo de nuevo y entro. Encuentro a Lara sentada en la silla con los ojos extremadamente abiertos y pinta de haber visto un fantasma. O mi polla.

Por Dios santo.

—Esto... mi pelo. —¡Céntrate!—. Quiero decir... Necesito ayuda. —Carraspeo cuando noto sus ojos desviarse hacia mi pantalón. Me pregunto si entraré en combustión espontánea si lo deseo un poquito más fuerte—. ¿Lara?

—Tu pelo, sí. Ayuda. —Mira hacia mí de una vez y su cara de asombro da paso a la mofa. Aprieta los labios para intentar no reírse—. ¿Qué te ha pasado?

—¡Yo qué sé! ¡¿Y si me quedo calvo?!

—No vas a quedarte calvo. —Parece que empieza a relajarse, y que no me va a poner ninguna denuncia por empalme involuntario, así que mi corazón recupera un ritmo más o menos saludable—. Creo que te has dejado el decolorante menos tiempo del necesario.

—Ah. Bueno, entonces... ¿me echas una mano? —Nos ponemos rojos al mismo tiempo—. ¡En el pelo!

—Claro. Vale. Sí.

Se pone en pie de un salto, coge unas cuantas cosas de la bolsa de basura enorme que trajo y va hacia el baño sin mirarme apenas. La sigo y me pide que me siente en el váter mientras echa en un cuenco de plástico un montón de potingues, uno de ellos morado oscuro.

—¡Ni se te ocurra teñirme como a ti!

—No seas idiota —me dice.

Me ha llamado idiota más veces de las que soy capaz de contar, pero esta es distinta. Y no solo porque la voz le tiemble, sino porque parece que no hay malicia en la palabra. Tampoco cariño, pero, no sé, es como un avance. Quizá verme desnudo la haya ablandado.

«No sigas por ahí».

—Es un matizador—explica mientras lo mezcla todo—, sirve para eliminar los amarillos.

—Qué bien.

¿Sabes lo que no está bien? Que se me ponga delante, entre las piernas, con su pecho a la altura de los ojos. O sea, está genial. Quizá demasiado. Cierro los ojos con fuerza y me grito que le gustaba mi ex. Como eso no parece estar sirviendo para relajarme, me grito otras cosas. Cosas horribles, como aquella vez que una de las bragas enormes de mi vecina —la que tiene doscientos años— fue a parar desde su tendedero a mi terraza. O cuando murió Juan Pedro, mi pez de colores.

No funciona porque, aunque no la vea, noto cómo me toca el pelo con cuidado. Y me encanta que me toquen en pelo.

«Piensa en lo más antimorbo que se te ocurra, David».

—¿Antes te teñía algún amigo? —me pregunta.

La mención a esos amigos que no estoy seguro de haber

tenido nunca hace que deje de pensar en la posición en la que estamos.

—No. Me lo hacían en la peluquería.

—¿Y eso? Es bastante sencillo. —Hace una pausa, dudosa—. Nunca te veo hablar con nadie por Skype ni por teléfono, aparte de con tu madre.

Vuelvo a abrir los ojos, frunzo el ceño y alzo la cabeza. Lo cual es un error, porque ella está inclinada y nuestras caras quedan demasiado cerca.

—¿Pretendes burlarte de mí?

Noto el calor subiéndome por el cuello, no sé si por el enfado o por su proximidad. De todos modos, tarda menos de tres segundos en apartarse y tirar la brocha al lavabo de malas maneras.

—¿Eres tonto? ¡Solo me estaba interesando por tu vida!

Apoyo los codos en las rodillas y encorvo la espalda. Otro de los consejos que me daba mi madre resuena en mi cabeza: «Enseña solo la mejor parte de ti, cariño». No lo hacía con mala intención, estoy seguro de que lo que pretendía era que cuando algo me molestara, sonriera y lo dejara pasar.

Puedo hacerlo ahora y es posible que sirviera para aplacar el enfado de Lara. Sin embargo, acabo levantando un poco la cara y enseñando eso que se supone que tengo que guardarme. No tengo claro por qué lo hago, si para acusarla, ya que al fin y al cabo es uno de los motivos por los que siempre la he odiado, o porque busco que alguien —además de Antonio, con el que suelo tratar este tema— me entienda.

—No tengo amigos con los que hablar por Skype. Hace meses que no sé nada de la gente del pueblo, por lo visto están demasiado ocupados con sus nuevos colegas, las clases y los ligues. —Tenso la mandíbula y no consigo relajarla hasta que ella se sienta con las piernas cruzadas en el suelo y me mira con las cejas inclinadas de forma extraña. No hacia la nariz, como si estuviera molesta, sino justo al revés—. Tampoco he conocido a nadie que merezca la pena en el año y pico que llevo en la facultad.

—¿Y eso? ¿No te caían bien?

Ellos a mí, no al revés. Aparto la vista, incómodo. Estoy dividido entre las ganas de darle las gracias y de gritarle que no necesito su compasión. Algo que, por cierto, ni siquiera tengo claro si debo incluir en esa lista mental de defectos que le he hecho.

Me muerdo la lengua, por si acaso.

—Bueno, que les den. —Vuelve a incorporarse y recoge los utensilios para seguir con aire resolutivo. Me sujeta de los hombros para que me ponga recto y me gira la cara hasta ponerla de lado con más suavidad de la que esperaba—. ¿Sabes qué? En unos días he quedado con algunos colegas de la universidad por Skype para hacer una especie de fiesta. —Se inclina hacia mí, pegándome el estómago a la mejilla—. ¡Mierda, me acabo de manchar la camiseta!

—Por eso estaba desnudo —suelto, sin pensar. Añado rápidamente—: O sea, porque me había cargado antes la camisa. No te preocupes, te la pagaré.

—No, no. Da lo mismo. Es de estar por casa, ¿sabes?

—No, no lo sé. Aunque creo que miente porque la vi ir

con ella a trabajar hace un par de semanas. El ambiente ha vuelto a ponerse raro, como si hiciera cosquillas—. Pero... solo si quieres, claro, puedes prepararme más sándwiches. Aunque no hace falta que uses tantos ingredientes. Con atún, huevo cocido y lechuga es suficiente.

—Vale.

—Y... A ver, lo que te decía de la fiesta por Skype. No es nada muy emocionante, ¿eh? Solo nos reunimos, ponemos música de fondo y hablamos mientras tomamos algo. Pero son buena gente y, no sé, a lo mejor te caen bien.

Vuelvo a alzar la cabeza y la miro.

Esta vez la palabra se me escapa antes de que pueda morderme la lengua.

—Gracias.

Sigo sin saber si hace esto por compasión, pero, por primera vez en todo el tiempo que llevamos juntos, sonríe de verdad. No con burla o malicia, sino como un ser humano normal. Es un gesto bonito.

Creo.

Ahora que sé cómo se llaman de verdad y a qué se dedican, ¿qué hago? Igual poner sus nombres está feo, pero... Me flipa lo de la bióloga y la monitora de gimnasio. Me lo quedo.

Raquel (Sofía) está pilladísima, se le nota a la legua (igual lo del 'instalove' no está tan mal). Y eso que solo la veo de refilón (no me puedo asomar mucho; ando modo disimulo). Marina (María) fijo que también. Podría estar siendo solo maja, pero... ES QUE SU CARA AL MIRAR A SOFÍA... ¡Uf! ¡Y sus sonrisas cuando una pilla a la otra mirándola! Me las como.

Además, abre la ventana cada vez que entrena, ¡con el calor que hace! Le mola, ya está.

DAVID

—Es una cuestión de supervivencia. Además, que tampoco es como si estuviera haciendo algo ilegal, Antonio. Sigue siendo mi habitación —le recuerdo al gato, que se acaba de subir a la cama para lamerse el culo. Una fea costumbre, especialmente cuando estoy de los nervios y necesito apoyo moral.

He aprovechado que Lara está en el trabajo para recabar información. La fiesta por Skype con sus amigos es esta noche, y no tengo ni idea de cómo enfrentarme a eso. ¿Se parecerán a ella? ¿Tendré que ponerme toda la ropa que tengo en el armario y gafas de sol para sentirme integrado? Por eso estoy aquí, hurgando entre sus cajones, para tratar de averiguar cómo es esa gente.

Cuando saco uno de sus sujetadores y lo examino con atención puede que no esté más cerca de saber cómo son sus colegas de la universidad, de hecho puede que despierte aún más interrogantes. Por ejemplo: ¿cómo demonios le caben en este trozo de tela de encaje tan minúsculo?

Antonio abandona la desagradable tarea de dejar como la patena su trasero y se pone a jugar con el tirante. Guardo la prenda a toda prisa, no vaya a ser que el gato la rompa y Lara se piense que me dedico a mordisquear su ropa interior cuando no está.

Me cuesta centrarme de nuevo en mi objetivo. ¿Por qué ha traído algo así a mi casa? Quizá no sea lesbiana, sino bisexual, y en el fondo siempre haya pretendido que nosotros... Mira, ya basta, voy a hacer la búsqueda de una vez.

Me siento en el colchón, saco el móvil y pongo en Google: «Cómo saber si tu amiga es lesbiana». He puesto amiga en lugar de compañera de piso pensando que así tendría más éxito, pero me cuesta dar con un artículo que parezca medianamente fiable.

«Compara su comportamiento contigo con el que tiene con otras personas para saber si está ligando». ¿Cómo voy a hacerlo si estamos en una maldita cuarentena? Ha traído a casa sujetadores sexis, sí, pero ¿habría hecho lo mismo si hubiera ido a la de una mujer que le interesara? Hay otra serie de consejos que no sirven para absolutamente nada, como que vigile si está cómoda en lugares de ambiente y cosas así. El último es un: «¡Pregúntale directamente!».

Gracias por nada, Google.

Aparco con esfuerzo esa duda y decido seguir investigando el tema de sus amigos. Voy hacia el escritorio y abro el portátil. Quizá tenga fotos o vídeos con ellos o pueda echarles un vistazo a sus redes sociales. Levanto la tapa y me encuentro con que pide contraseña. Como no soy de los que se rinden, pruebo durante un rato —«soylesbiana» y «quizábisexual», entre otras.

Me vuelvo al salón, frustrado por mi fracaso, y me dispongo a buscar su nombre en Facebook. Pruebo con Lara Díaz y aparecen unas doscientas personas que se llaman así. Cuando intento acotar introduciendo su segundo apellido, caigo en la cuenta de que ni siquiera sé cuál es.

Suspiro y acabo mandándole un mensaje a mi madre.

Yo: Mamá, ¿qué tal te va? Oye, una cosa, me ha llegado a

casa un paquete para una tal Lara Díaz Sánchez, pero no sé si recogerlo porque no tengo ni idea de si se apellida así.

Me sonrío a mí mismo, orgulloso de mi don para el disimulo.

Mamá: Se apellida Díaz Vallés, cielo. Pero ¿por qué no la escribes para preguntarle a ella directamente? Quizá el paquete sí que sea suyo.

Yo: No tengo su número.

Mamá: ¡¿Después de todo este tiempo?! Ay, hijo. Ahora le pregunto a sus padres y te lo mando. ¿Todo bien con Lara?

Yo: Sí, sí, genial.

No tengo ni idea de por qué no le digo la verdad: que nos llevamos a matar. Al menos hasta hace poco. Es probable que se deba a que no quiero que vuelva a echarme la bronca. Quizá también a que me siento un poquito culpable por haber toqueteado su sujetador.

Y, no sé, al final el pelo me quedó muy bien. De hecho, me ha recomendado que use su champú morado una vez a la semana para matizar cuando empiece a ponerse amarillento. No es que se haya convertido en mi mejor amiga en estos días, pero ayer volvió a hacer tortitas antes de irse y las dejó encima de la barra, envueltas en film, con un pósit que decía: «Ni se te ocurra meterlas en el microondas o se quedarán chuchurrías. Si están muy frías, usa la sartén. P. D.: Te he cogido *¡Mi vecino es un pervertido!* de la estantería».

Una vez que tengo el número de Lara, lo guardo y empiezo a buscarla en redes sociales con el apellido. No tengo éxito en Facebook, y eso que he reducido las opciones poniendo el nombre del instituto al que fuimos. Tampoco me sorprende, quiero decir ¿quién sigue usando esa página hoy en día? Desde que la invadieron los padres, la gente joven huyó en desbandada y se refugió en Twitter e Instagram. Pruebo en ellas, pero debe tener algún nombre de usuario extraño porque no la encuentro. Yo mismo utilizo «davidsingoliat». Es tremendamente ingenioso y, además, «davidlopez» ya estaba cogido.

Quizá pueda mandarle un whatsapp. Acaricio el lomo de Antonio, que se me acaba de subir al regazo.

—Qué, ahora que Lara no está, vienes conmigo, ¿eh? Eres un Judas. —Se lo digo con rencor, pero procurando que el tono sea dulce. Porque me duele, pero lo sigo queriendo—. ¿Por qué prefieres estar encima de ella? Supongo que tendrá los muslos más blandos o algo así.

Me viene una imagen de Lara paseándose con esa camiseta roñosa que usa como si fuera un pijama y empiezan a sudarme las manos. Ha sido el dichoso sujetador, que me ha trastocado.

Desbloqueo y vuelvo a bloquear unas cuantas veces el móvil antes de decidirme a mandarle algo. Barajo preguntarle directamente cómo son sus amigos —no si es lesbiana, como sugería esa página estúpida—, pero tampoco quiero que note que estoy nervioso por lo de esta noche.

Yo: Hola.

¿Cobarde? Sí. ¿Educado? También.

Lara: ¿Quién eres?

Yo: David.

Escribe, borra, escribe, borra. Estoy a punto de lanzar

el teléfono contra la pared. Me contengo porque mi madre se pondría hecha una furia si no le devolvieran la fianza y porque, al fin, Lara contesta.

Lara: ¿De dónde has sacado mi número?

¡¿Diez minutos para decir eso?! Vale, calma. Igual tiene los dedos como morcillas y le cuesta teclear.

Yo: Se lo he pedido a mi madre.

En menos de tres segundos me llega su respuesta, así que descarto lo de los dedos morcillones —aunque apunto fijarme en ellos cuando vuelva a casa.

Lara: ¿Para qué? Estoy trabajando.

David: Ya. Por eso mismo hablo contigo. No quedan cervezas en casa, así que trae unas cuantas a la vuelta.

Lara: Vale. Pillaré tinto de verano para mí. Odio la cerveza.

Miro la pantalla durante aproximadamente cien eternidades, esperando a que diga algo más. No lo hace. Sin embargo, ha debido de guardarme también en sus contactos porque al fin veo la foto de perfil que tiene. Toco sobre ella y, cuando se pone en grande, me fijo en que son Antonio y Lara. La chica lo está cogiendo en brazos, de manera que las caras de ambos están a la misma altura. El gato tiene la misma expresión de siempre, tirando a huraña, y ella trata de imitarlo.

Se me escapa una carcajada y hago una captura de pantalla para guardarla. Por lo gracioso que sale Antonio, obviamente.

Después me levanto, abro el frigorífico y saco las doce latas de cerveza que tengo para esconderlas y que no las vea cuando vuelva.

LARA

—¿Dónde está el principito? —pregunta Ruth con una sonrisa que da miedo. Como saque a relucir delante de David que le conté que lo vi desnudo, tendré que saltarme la cuarentena e ir a matarla.

Además de Ruth y yo, hemos quedado Eloy, Miguel y Jotacé. Estos dos últimos viven juntos y, en opinión de mi amiga, hacen otras cosas también muy juntos. Pero como ellos todavía no han abierto la boca al respecto, el resto actuamos como si solo fueran amigos.

—Hace media hora me ha dicho que tardaba diez minutos en terminar de arreglarse.

—¿Arreglarse? —se extraña Eloy mientras se tira de esa camiseta remendada en la que todavía puede leerse «Mi preferencia sexual es: siempre»—. ¿Para qué?

Antes de que pueda contestar, David aparece en el salón y se queda fuera del rango de la cámara del portátil, un poco cortado. Madre mía. Se ha vestido como si fuéramos a salir a la discoteca más pija de la ciudad, como mínimo. Lleva unos vaqueros oscuros que deben de costar un trillón, una camisa blanca —al menos no está remetida por dentro del pantalón— y el pelo perfecto hasta el último mechón. Está como despeinado, pero se nota que lo ha hecho a propósito y que ha tardado mínimo una hora en dejarlo tal y como quería.

Noto su colonia a dos metros. Es agradable, pero ¿a quién leches le preocupa oler bien cuando hace un Skype?

—¿Lara? —me llama Jotacé.

—Ah, sí, hum... —Le hago un gesto con el brazo a mi compañero de piso para que se acerque. Una vez que se sienta a mi lado y cambia de postura diez veces, lo presento—: David, estos son Ruth, Eloy, Jotacé y Miguel.

Les dedica un gesto tenso. ¿Está nervioso o qué? Igual si se toma algo se le pasa.

—Oye, ¿por qué no traes las cervezas y el tinto de verano? —Antes de que termine de sugerírselo, se pone en pie de golpe y va hacia la cocina sin decir ni mu.

Ruth, que nunca ha sido especialmente sutil, se acerca a su cámara con los ojos brillantes y chilla:

—¡Madre mía, Lara! ¡Está buenísimo! ¡Tendrías que haberle hecho una foto cuando te lo encontraste des...!

Bajo el volumen a tope para que David no la escuche enumerando todas sus virtudes, así que me pierdo lo que dice Miguel, pero puedo intuirlo por la colleja que le da Jotacé.

Cuando vuelve con las bebidas y una sonrisa socarrona, sospecho que ha debido oír los gritos de Ruth perfectamente.

Bueno, qué más da. Lo ha dicho ella. Aunque el comentario implique que hayamos estado hablando de él, yo nunca he mencionado que me pareciera guapo, sino justo lo contrario. Lo miro de reojo, tan emperifollado; cuando abre un botellín de cerveza y se lo lleva a la boca aparto la vista con rapidez. A ver, feo no es. Soy capaz de reconocer que su cara tiene cierta simetría. Pero de ahí a que me atraiga lo más mínimo hay un trecho muy largo que no pienso recorrer.

Doy un bote en el sitio cuando vuelve a recolocarse y su pierna roza la mía, Ruth se ríe, Eloy señala sin ningún disimulo el mensaje de su camiseta y Miguel y Jotacé se dan codazos entre sí.

Esto va a salir fatal.

—Bueno, David —empieza mi amiga, ignorando por completo los gestos que le hago para que mantenga la boca cerrada—, ¿qué haces con tu vida?

—¿A qué nivel?

Eloy suelta una carcajada.

—No sé, tío, ¿qué estudias? ¿Qué te mola?

—Ah. —Vuelve a tener la espalda muy recta, como si estuviera en una entrevista de trabajo—. Administración de Empresas. Es lo que estudio, claro, no lo que me gusta. Aunque también me gusta. Creo.

Agarra el botellín como si fuera un salvavidas y se ventila más de la mitad de golpe. Definitivamente está nervioso. Supongo que tiene que ver con aquello que me dijo en el baño de que le costaba hacer amigos —que fue el motivo por el cual lo invité a esta reunión.

Intento echarle un cable y caigo en la cuenta de que tampoco lo conozco demasiado.

—Se pasa el día leyendo y haciendo ejercicio. —Evito mencionar que normalmente son tablas rarísimas que sigue por directos de Instagram y que lo dejan hecho un Cristo—. También juega mucho a la Play.

—¡Y yo, tío! —exclama Eloy, animado.

Mientras el resto bebemos y hacemos comentarios de vez en cuando, los dos cotorrean sobre videojuegos. Que si el *SingStar* es una pasada, que si los *Final Fantasy* son para echarles por lo menos cien horas, que si el *online* de otro no vale para nada... Incluso acaban intercambiándose el número de teléfono. Gracias a la charla descubro un montón de cosas que no sabía de David, como que fue a clases de guitarra durante siete años, que estuvo a punto de estudiar Matemáticas en la facultad y que es zurdo.

Una hora y pico después, la cosa se anima y empezamos a turnarnos para poner música. Cuando nos toca a nosotros, le pregunto a David si tiene alguna sugerencia y se inclina sobre mí para hacer la búsqueda en Spotify. Ruth arquea tanto y tan deprisa las cejas que temo que salgan volando y yo me limito a quedarme rígida y a terminarme el quinto vaso en cuanto se aparta.

—¡Menudo temazo! —grita Jotacé cuando la música electrónica empieza a sonar.

Eloy y yo bufamos porque somos más de rock, pero los demás beben al ritmo machacón del bajo de la canción. En algún momento, alguien sugiere jugar al «Adivina sobre Piticlín». Es una tontería que se inventó Eloy la primera vez que salimos los cinco de fiesta y, según él, sirve para conocer a gente. Para lo que sirve en realidad es para emborracharse, pero aceptamos porque ya estamos un poco achispados. No lo suficiente como para ver doble o caminar haciendo eses, pero sí para tomar decisiones estúpidas.

Porque te juro que sé que esto va a ser usado en mi contra, ni siquiera necesito ver las caras del resto de mis amigos.

Le explicamos a David de qué se trata:

—Es muy sencillo, tronco —dice Miguel mientras se rellena la copa—, nos vamos haciendo preguntas en orden, ¿va? O sea, primero pregunto yo, luego Jotacé... Pero podemos hacérselas a quien queramos y tienen que ser sobre otra persona. Por ejemplo, empiezo yo: David, ¿con qué edad crees que Lara se dio su primer beso? Si aciertas, bebe ella. Si fallas, tú. ¿Lo pillas?

El rubio asiente y me mira como si me evaluara.

—¿A los quince?

Gruño, molesta porque haya acertado. Una vez doy un trago, me pregunta:

—¿Con quién fue?

—El juego no funciona así, principito —interviene Ruth—. Jotacé, ¿David tiene novia?

—¿No? —tantea—. Tiraría más por un novio...

De repente me pongo muy nerviosa y temo que David haga algún comentario hiriente, pero cuando lo miro, suelta una risita y se limita a decirle al otro chico que beba. Supongo que habrá aprendido después de lo de los pósits. La verdad es que fueron muy bonitos. Sonrío mientras pienso en ellos y después me doy un guantazo mental porque está claro que lo que me pasa es que estoy en esa fase de exaltación de la amistad... con unos papelitos de colores.

La idea me parece tronchante, así que empiezo a reírme hasta que Miguel pregunta:

—Lara, ¿con qué edad perdió la virginidad David?

—¡¿Por qué solo nos hacéis preguntas a nosotros?!

Eloy se encoge de hombros.

—Porque los demás nos conocemos. Venga, haz tu apuesta.

Me pongo de lado para observarlo. Dios, tengo muchísimo calor. Por la bebida, claro, no porque acabe de imaginármelo desnudo. Algo que ahora no puedo quitarme de la cabeza. ¡Basta ya! A ver, estuvo saliendo con Carlota y sé que no tuvieron sexo. Pero antes de estar con ella lo vi con varias chicas.

—¿Dieciséis?

Suelta tal carcajada que pego un salto en el sitio. Es exagerado, tanto que se acaba agarrando el estómago con las manos y doblándose sobre sí mismo.

—Tío, ¿fue mucho antes? —quiere saber Eloy.

Como David nos recuerda —entre risas— que el juego no funciona así, nos tiramos cerca de cuarenta minutos haciéndonos preguntas los unos a los otros sobre el tema hasta que al final averiguamos la verdad.

Resulta que sucedió dos días antes de que cumpliera diecinueve años, que no le avergüenza en absoluto haber sido el último del grupo —él nos ha interrogado a los demás también— y que fue catastrófico. Nos explica, sin pelos en la lengua, que no tenía ni la menor idea de lo que hacía, que duró un suspiro y que la chica no quiso volverlo a ver después. También menciona que tras el fiasco ha ido mejorando y que está muy orgulloso de ello.

No sé si es el alcohol lo que le ha soltado tanto la lengua, tampoco si es lo que hace que lo mire con una sonrisa y que me sorprenda pensando que este David no está tan mal.

Nos despedimos poco después de que Ruth le pida que se case con ella y que Eloy diga por lo menos veinte veces que le escribirá un whatsapp mañana.

—Ha sido divertido —me dice mientras recojo el portátil y lo guardo en la funda.

—¿Te han caído bien? —Por algún motivo inexplicable, me parece importantísimo lo que responda.

—Sí, son geniales.

Bosteza y se frota el cuello.

No soy de las que cuando beben acaban enrollándose con cualquier persona, ni siquiera he llegado a vomitar ni a hacer demasiado el ridículo. Al menos no como Eloy, que un día se subió encima de la barra de un bar y empezó a quitarse la camiseta al ritmo de Beyoncé. Pero lo que sí suele pasarme es que la lengua coge carrerilla. De pronto va mucho más rápido que el cerebro, por lo que termino soltando cosas sin pensar.

Como por ejemplo:

—¿El sofá es cómodo? —David arquea una ceja—. Quiero decir, ¿no te duele la espalda?

¡¿Qué mierda?! Noto perfectamente cómo se me ponen rojas hasta las raíces del pelo.

—Eh... Sí. —Entrecierra los párpados, tratando de descubrir la trampa. Todo ello mientras se sujeta el costado como si de pronto sintiera un lumbago terrible—. Es muy suave, por supuesto, pero la espalda me está matando, tengo que dormir encogido porque no quepo y... hum... no es viscoelástico.

—Claro. —Mi cerebro, rendido, me susurra un «mira,

haz lo que quieras», así que con su beneplácito propongo—: ¿Quieres dormir hoy en la cama? Conmigo, digo. No pienso quedarme en el sofá. —Abre mucho los ojos y me apresuro a aclarar—: No va a pasar nada, por supuesto. De hecho, tenemos que poner una serie de normas. Uno: nada de dormir en calzoncillos. Dos: nada de roncar. Tres: nada de contacto físico. Cuatro: nada de...

—Vale —me interrumpe mientras se pone de pie y va hacia la habitación sin decir nada más.

Cuando pasa por mi lado, alcanzo a ver un asomo de sonrisa.

Quince minutos después, estamos cada uno en un extremo del colchón, arropados hasta la barbilla y en completo silencio. David ha acabado durmiendo con una camiseta vieja blanca y unos pantalones de chándal porque por lo visto no usa pijama desde que tiene diez años, yo he cogido el de franela y cuadros porque es el que más me tapa.

¿Me estoy asando de calor? Sí, pero me da igual.

Como soy incapaz de conciliar el sueño, imagino cerca de trescientas formas de iniciar una conversación para que el ambiente sea menos raro, pero ninguna parece adecuada. Me preocupa que mi lengua vuelva a actuar sin permiso, así que acabo mordiéndola hasta que descubro algo que sí que podría decirle, ya que él mismo me pidió que habláramos de ello.

—Oye, ¿qué pasó con Carlota? —susurro—. Me prometiste que me contarías tu versión.

No responde. Cuando me recuesto de lado, hacia él, me

lo encuentro hecho un ovillo en una esquina, completamente dormido.

Tiene la cara rara cuando duerme, como... más simétrica de la cuenta.

Empieza a roncar, incumpliendo una de las normas que habíamos puesto, pero en lugar de despertarlo, saco los tapones del cajón de la mesilla, me los pongo y me giro hacia el lado contrario sintiéndome rarísima. Incómoda y eléctrica a la vez.

PROBLEMÓN. En la escena 1, se presenta a los personajes; hasta ahí guay. En la 2, se deja claro que se gustan y que Marina es 'bi'. Pero... ¡¿cómo hablan?! ¿~~Marina se pone a gritar?~~ Los pisos están demasiado alejados y Raquel (Sofía) se espantaría. Un poco cutre.

¿Y si se comunican a través de canciones? Sofía suele poner Britney Spears a todo trapo. ¡Cómo si fueran subtuits! ¡Diciéndose cosas con las letras! Habría que cambiar los gustos de Marina (solo escucha temas electrónicos para hacer ejercicio).

Igual es muy complicado o queda forzado que pillen lo del 'código-canciones' a la primera. MIERDA.

LA SEMANA
EN LA
QUE NADIE
OLVIDA
DUCHARSE

LARA

«He accedido porque se nota que está aburrido», me digo a mí misma mientras me ducho. Es normal, claro, por muy agotador que sea, yo voy casi todos los días a trabajar y al menos me da el aire durante el paseo e interactúo con otras personas, pero él lleva todo este tiempo encerrado.

Ha estado echando algunas partidas con Eloy y los he visto haciéndose videollamadas, lo cual me alegra. No porque me importe que a mis amigos les caiga bien David, claro, sino porque creo que le viene bien tener a alguien con el que hablar. Además de Toño. Lo he pillado más de una vez contándole su vida al pobre animal, que será todo lo feo que quiera —parece un enorme y arrugado testículo blanco—, pero tiene más paciencia que un santo.

En realidad, ahora también me la cuenta a mí. Está muy interesado en que sepa hasta el detalle más ínfimo de su día. Me explica qué hacen las vecinas cuando he estado fuera de casa —¡el otro día se saludaron al fin! ¡Y la de enfrente colgó un cartel en su ventana diciendo que se llama María!—, de qué va la serie que ha visto, qué nivel ha alcanzado en un juego y lo injusto que es que su profesor de no sé qué asignatura le haya pedido entregar un trabajo la semana que viene.

Y llena la casa de pósits. Sé que sigue algún criterio que no pillo con respecto a los colores. Por ejemplo, con los amarillos suele recordarme que el lavavajillas no se pone solo o que el plumero realmente no sirve para jugar con Toño —mentira—. Los azules son más personales y escasos, como cuando me pidió que le hiciera una lista de reproducción con «músi-

103

ca de la mía» para entrenar —no entiendo para qué la quiere si luego no para de quejarse diciendo que es insoportable— o cuando quiso recomendaciones para ver películas mientras no estaba. Los verdes no ha vuelto a usarlos.

De películas precisamente va lo de hoy. Antes de seguir: no, no me estoy restregando el cuerpo con la esponja como si quisiera arrancarme la piel por esto. ¿Que vamos a ver algo juntos en el portátil antes de acostarnos? Sí. ¿Que me estará esperando ya en la habitación para buscar algo que «te lo juro, Lara, te va a encantar»? Ajá. ¿Que le he sugerido que la veamos en la cama por si me quedo dormida? Efectivamente. Pero no me ducho por eso, sino porque ya iba siendo hora. Y porque él lo ha hecho justo antes y no quiero estar a su lado apestando como la casa de mi abuela, la que tiene demasiados gatos y siempre olvida limpiar los areneros.

Miro la cuchilla que tengo en las manos y después me observo las piernas. «No lo hagas», me exijo, «no va a vértelas de todos modos». Por supuesto que no. Y aunque las viera, ¿qué más daría? Nadie está obligado a depilarse. Lo hago de vez en cuando y porque yo quiero, me da igual lo que piense el resto.

Ese es el pensamiento al que me aferro pero, quince minutos después, salgo con las pantorrillas suaves como el culito de un bebé.

Hoy he escogido un pijama diferente porque empieza a hacer calor. Lo examino con ojo crítico antes de ponérmelo, mientras espero a que la crema hidratante se absorba —que me he puesto porque es buena para la piel, no porque deje un olorcillo muy agradable—. Los pantalones son largos, pero la tela es fina, y la camiseta es de tirantes. Con o sin sujetador, esa es la cuestión. Pros del sujetador: no se me bambolearán las tetas cuando me mueva ni se me marcarán los pezones. Contras: es incómodo y si me quedo dormida se me clavarán las ballenas.

Decisiones, decisiones...

Cuando entro en la habitación, con los brazos cruzados para que no se note que he decidido luchar en contra de la opresión tetil, me lo encuentro tendido en la cama, con la espalda apoyada en el cabecero, las piernas extendidas y el portátil sobre ellas. Toño está acurrucado cerca de sus pies. Me coloco a su lado, quizá un poco demasiado lejos porque dice:

—No vas a ver nada desde ahí.

Y, sin darme tiempo a reaccionar, me tiende las gafas de sol y es él el que se pega a mí.

La verdad es que podría no haberme puesto las gafas, porque no me estoy enterando de nada. Llevamos media hora de película y ni siquiera recuerdo el título. Además de que el ambiente es raro, como si el aire fuera demasiado denso para respirar a gusto.

Por norma general, odio a la gente que habla cuando estoy viendo lo que sea —en el cine o en casa—, pero siento que como no diga algo me pondré a chillar, así que suelto lo primero que se me pasa por la cabeza, que resulta ser algo que lleva días rondándome:

—¿Qué pasó con Carlota?

—Que me utilizaba. —Me mira de reojo con una ceja arqueada, esperando que lo interrumpa. Algo que he estado a punto de hacer, la verdad sea dicha, pero me muerdo el labio inferior para dejarlo terminar. En lugar de pausar la película, le baja un poco el volumen y clava sus ojos azules en los míos mientras se explica—: Solo salimos durante un par de meses. Fue mi primera novia seria. Había besado a unas cuantas chicas antes, pero no había ido bien, así que intenté esforzarme. Y tenía colegas, pero no amigos, por lo que no hablaba con nadie en serio sobre estas cosas.

»No tenía ni idea de qué se hacía con una novia y supongo que la cagué. Hice un batiburrillo con todas las pelis y los libros que me había tragado. Carlota estaba encantada: la llevaba a cenar, al cine, a conciertos e, incluso, a un espectáculo rarísimo que a ella le hacía ilusión ver y que me salió por un ojo de la cara. Porque, claro, siempre pagaba yo.

Hoy no ha bebido ni un trago de cerveza —ni siquiera de esas que encontré escondidas en el altillo del armario de la entrada—, así que me permito asombrarme de nuevo por la naturalidad con la que explica cosas así. Achaqué al alcohol que nos contara sin pudor que su primera vez fue un desastre, pero no es eso. Es que, sencillamente, no se avergüenza. Nunca lo ha hecho, en realidad —excepto cuando lo pillé desnudo—. Estaba nervioso al conocer a mis amigos, pero en cuanto se le dio la oportunidad de hablar se expuso sin tapujos.

Es ese tipo de persona, supongo. La que te lanza a la cara todo lo que es y espera, impaciente, a que lo recibas. No busca que lo valores, solo que lo aceptes. Lo bueno, lo malo y lo peor, porque está orgulloso de todo por igual. Al final resulta que no es egocentrismo; o, al menos, no solo eso.

—Me contó algunas de esas cosas, sí —intervengo, animándolo a continuar—. ¿Cuándo se torció?

—Cuando empecé a proponerle planes distintos. No tengo problemas de dinero. Es decir, no los tiene mi madre, pero quería hacer otras cosas, ¿sabes? No sé, salir a dar un paseo sin más, ver una serie en casa, echar una partida a algún juego cooperativo... —Se encoge de hombros—. Pero siempre se negaba a eso. Ponía excusas o me decía directamente que prefería hacer alguna de las otras cosas. Las que implicaban que me vaciara el bolsillo. También empezó con exigencias, como que fuera a buscarla en cada cambio de clase o que le regalara algo caro porque habíamos hecho un mes.

—Así que la dejaste —termino por él.

—Exacto. Tampoco es como si hubiéramos conectado especialmente en esos dos meses. Hablábamos, claro, pero casi siempre sobre ella. Por lo que un día me harté y le dije que no éramos compatibles. Me llamó cerdo cruel y se fue en un taxi que acabé pagando yo porque por lo visto ella no llevaba la cartera encima.

—Joder.

—Ya. —Me da un golpe suave con el brazo, con la sonrisa a medio camino—. ¿Qué?, ¿no vas a decirme que la Carlota que tú conocías no era así?

—No, la verdad es que no. O sea, es cierto que no la imaginaba de esa forma, pero, no sé, cuando te gusta alguien tiendes a idealizarlo. Además de que, aunque no fuera exactamente así la cosa, es como te sentiste, ¿no? —Asiente, perplejo—. Pues ya está. No estabas cómodo, fin de la historia. Puede que te usara o puede que no, pero para ti fue desagradable, así que hiciste bien al cortar la relación.

Veo cómo se ríe, más con los hombros que con la voz, y es mi turno de mirarlo indecisa.

—Acabo de entenderlo —suelta. Parece... relajado. O contento, no estoy segura.

—¿El qué?

—El motivo por el que siempre estás rodeada de gente. Hace unos años te odiaba, ¿sabes?

—Claro que lo sé, estuviste gritándome durante horas y después le pediste por favor a mis padres que me dieran en adopción.

Suelta una carcajada, deja el portátil sobre la cama y se abraza las rodillas. Apoya la mejilla en una de ellas y me mira con mofa.

—Fue un duro golpe. Te cargaste mi helicóptero teledirigido favorito.

—¡Tenía siete años! ¡Y una Barbie a la que salvar! —me defiendo, tratando de no sonreír—. ¿Quién iba a decir que el cacharro no aguantaría el peso de la muñeca y se estamparía?

—Quizá si lo hubieras probado dentro de la casa y no lo hubieras lanzado por la ventana...

Nos reímos un rato recordando aquel día. Cuando éramos más pequeños, su madre solía dejar a David con mi familia después del colegio, sobre todo si sabía que volvería demasiado tarde de la oficina. Así que mientras mis padres atendían el bar, nosotros jugábamos en la trastienda. O nos peleábamos en la trastienda, más bien.

—Aunque lo del helicóptero fue un duro golpe —continúa, sin perder la sonrisa—, cuando entramos en el instituto empecé a odiarte por otra cosa. —Me froto las manos contra el pantalón del pijama, nerviosa de pronto—. Me cabreaba que siempre estuvieras rodeada de gente y que no parecieras esforzarte en absoluto para conseguirlo. Yo me dejaba la piel, ¿sabes? Pero sentía que mis colegas me toleraban, mientras que a ti los tuyos te... buscaban. Algo así. Como si tu grupo de amigos estuviera esperando a que abrieras la boca para soltar una carcajada o darte la razón sobre lo que fuera.

»No lo comprendía. Además de no esforzarte para que te hicieran caso, tampoco parecías hacerlo para encajar de ninguna otra forma. Te empeñabas en llevar ropa de chico...

—La ropa no tiene género —lo corto, muy digna.

—Muy bien —se burla, sin parecer especialmente molesto—, pues ropa sin género que está en la sección de chico de las tiendas. ¿Mejor? —Asiento y frunce el ceño—. Ahora no sé por dónde iba.

—Estabas hablando de lo ridícula que era o algo por el estilo —mascullo.

—¿Eh? Desde luego que no. No estás entendiendo nada. A ver, no digo que tu ropa o tu pelo no hayan sido siempre... eh... peculiares, pero no va por ahí. Eras, y de hecho eres, como te da la gana y a pesar de ello tienes gente a tu alrededor que te valora. No a pesar de ello, por ello. ¿Me sigues?

—No estoy segura. ¡No te rías! Has empezado diciendo que acabas de entender por qué me llevo bien con la gente y luego has soltado un discurso para que supiera que me odias por eso mismo.

—Te odiaba —recalca, mirándome fijamente—. Y he dejado de hacerlo cuando he entendido el motivo.

—¿Que es...?

El corazón me da saltos en el pecho, pero el suyo debe de estar echándose una siesta porque dice con tranquilidad:

—Que yo también he empezado a buscarte esperando a que abras la boca.

DAVID

No sé qué he hecho para que se ponga así de tensa. Quiero decir, es un cumplido, ¿no? Me planteo si seguir explicándome, aunque no sé qué más podría destacar. «Me gustan los consejos que das», «Me he dado cuenta de que eres divertida» o «Siento que me escuchas aunque te quejes de que hablo mucho».

Cuando todavía no he terminado de decidir si aclararle el punto, coloca el portátil entre los dos y vuelve a poner la película. La miro de reojo varias veces, confuso. No parece molesta, pero cada vez que me pilla observándola se remueve como si tuviera hormigas correteándole por la columna.

Intento prestarle atención a la pantalla hasta que acabo confesando:

—No tengo ni idea de qué va esta película.

Suspira, aliviada, y esboza una de sus sonrisas maliciosas.

—¿No decías que me iba a encantar?

110

—Tenía buena nota en IMDB. Si te soy sincero, no la he visto.

—Creo que va de una catástrofe natural.

—Parece una comedia romántica.

—Sí —concede mientras se recoloca las gafas sobre el puente de la nariz con aire experto—, pero va a derivar en catástrofe. Fíjate cómo llueve. No tiene buena pinta.

Suelto una carcajada a la que no tarda en unirse y sigo con el juego.

—La banda sonora es de Céline Dion.

—Es para confundir. Mira a ese tipo corriendo. Va a avisar a las autoridades locales de que desalojen la ciudad. Seguro que es un exmiembro de la NASA. Siempre hay antiguos miembros aleatorios de organismos importantes dando vueltas por Nueva York.

—Acaba de declararse a esa mujer. —Señalo la pantalla con un dedo y la miro arqueando una ceja.

—Claro. Porque sabe que están a punto de morir por un... eh... tsunami.

Niego con la cabeza, riéndome de nuevo. Lara no se aparta cuando me inclino un poco hacia ella y sugiero:

—¿La quitamos?

—Vale.

Una vez que cierro el portátil, me quedo sin saber qué hacer. Le echo un vistazo de reojo a Lara, que se mantiene en silencio, emperrada en analizarse las cutículas como si fueran lo más interesante del universo. ¿Estará esperando a que me vaya al salón? ¿Se habrá fijado en que me he puesto la ropa que usé la otra vez que dormimos juntos? No es que hubiera intentado meter presión con ello, nada más lejos, tan solo quería dejarle claro que, si me invitaba de nuevo, estaba más que dispuesto a cumplir sus normas de etiqueta —nada de calzoncillos.

Quizá sea el momento de mencionar que yo me he fijado en otras cosas, como en que el pijama que usa esta vez parece de su talla y en que no lleva sujetador. En cuanto me di cuenta —más o menos a los tres segundos de que entrara en la habitación— me esforcé por mirar a cualquier parte de su anatomía menos a esa, pero me ha costado. Y he fallado estrepitosamente más de una vez. ¿Me habrá pillado? Claro que sí. Por eso parece tan incómoda.

No quiero que se piense lo que no es, pero tampoco quiero tener que volver a dormir en el sofá. Que es agradable, por mucho que exagerara su incomodidad la noche en la que hicimos la fiesta por Skype. Es algo que hago de vez en cuando, lo reconozco. No lo considero exactamente mentir, sino más bien adecuar la realidad a mis necesidades.

Pero, como me ha recalcado mi madre mil veces, «la base de una amistad es la confianza», así que hago de tripas corazón y digo:

—La noche que hicimos la fiesta por Skype con tus amigos, yo... —Carraspeo. De reojo, veo cómo asiente, mira que te mira sus uñas—. Dormí muy bien.

Hala, ya está. He lanzado el balón. Ahora solo queda esperar a que lo recoja o a que me lo estampe en la cara.

—Roncas, ¿lo sabías?

¡¿Pero qué...?! Para empezar, lo dudo. Y para seguir: ¿qué significa eso? ¿Es un «sí, quédate hoy también, aunque re-

112

suelles como una elefanta parturienta» o un «vete derecho a tu magnífico sofá de terciopelo y déjame en paz»?

—Pues tú ocupas toda la cama —respondo.

La sinceridad es importante, ¿no? Pues toma dos tazas.

—Tengo una postura de lo más normal. Es importante mantener la espalda estirada para...

—Te atravesaste en un colchón de metro ochenta de ancho, agarrada a la almohada como un koala y acaparando todas las mantas. —Como sé que va a volver a replicar y que como no paremos acabaremos gritándonos de nuevo, me froto la nuca y le pregunto con franqueza—: Entonces ¿dormiste mal?

Se lo piensa durante un instante.

—No. Me puse los tapones y ya está. —Parece que se le atasca algo más en la lengua. Cuando finalmente lo suelta, empiezo a sonreír—: ¿Y tú?

—Estoy acostumbrado a dormir en una esquina.

—¿Quieres que...?

Aunque ha vuelto a fijarse en otra cosa —el estampado de su pijama, esta vez—, la veo sonrojarse a través del pelo.

—Sí.

Sin decir nada más, se quita las gafas, se mete bajo las sábanas y apaga la luz.

Noto la situación mucho más incómoda que la última vez. No porque necesite alcohol para estar tranquilo, nada de eso, sino porque el otro día estaba tan cansado que me dormí enseguida. Pero ahora todo es demasiado. Cuando uno de los dos se mueve, aunque sea lo más mínimo, el colchón suena demasiado. También cuando uno de los dos carraspea, suspira, sube o baja las sábanas. Me preocupa que incluso sea capaz de oír cómo me late el corazón. A mí me está dejando sordo.

No sé por qué estoy tan nervioso. Me digo a mí mismo que es porque quiero que sepa que podemos dormir juntos sin problemas, porque estoy intentando con todas mis fuerzas que no sea desagradable, porque está a medio metro de mí con una camiseta de tirantes muy fina bajo la que no hay ningún sujetador...

Joder.

Acabo de recordar ese de encaje negro minúsculo que encontré en su cajón y la pregunta de siempre empieza a bailar delante de mí. Da igual que cierre los ojos con fuerza, ahí sigue. «¿Es lesbiana?». ¿Será un buen momento para sacarlo a colación? Me da miedo que se lo tome a mal, pero ya le dije en el pósit que lo sentía y, desde entonces, es mucho más agradable conmigo.

Además, un amigo se interesaría por ese tipo de cosas, ¿no?

Por supuesto que sí.

Con la boca seca y la voz más estrangulada de lo que pretendía, me lanzo a la piscina.

—Oye, Lara. —Espero hasta que escucho su «hum»—. Eres... ¿Te gustan únicamente las mujeres? Románticamente hablando, quiero decir.

No sé si ha pasado un minuto o diez días cuando dice:

—No, únicamente no.

—Ah.

«No pienses en ella con ese sujetador de encaje, David, por lo que más quieras. No lo hagas. No».

Demasiado tarde.

114

¡MARÍA, **TE QUIERO**! ¡Con carteles, así se van a comunicar!

Confesión fangirl: casi me muero cuando vi que utilizó un folio para que Sofía supiera su nombre. ¡Voy a hacerlo igual! (¿Esto es plagio? NAH). Usó muchos colorines y puso una cara feliz al final, en el punto de la exclamación (sí, le hice una foto con el móvil para ampliarla con los dedos, y SEGURO QUE SOFÍA TAMBIÉN).

¡Y se saludarooooooon! ¡Así, María, poco a poco! YOU GO, GIRL!!!

LA SEMANA EN LA QUE NADIE DUERME BIEN

DAVID

Escribo, borro, escribo, borro, escribo, borro.

Parezco mi madre.

Soy una persona excepcionalmente inteligente, pero me está resultando complicado demostrarlo. Miro hacia la foto que tengo enmarcada en el salón, tratando de obtener fuerzas de ella. Mi yo de papel me observa a su vez y tengo la sensación de que le decepciona lo mal que estoy afrontando la situación. Acaricio el terciopelo del sofá con la mano con la que no sostengo el móvil para tranquilizarme.

Puede que opines que no es tan difícil, que solo tengo que mandarle un whatsapp para preguntarle si esta noche vamos a volver a dormir juntos. Al fin y al cabo ya ha pasado dos veces, ¿no? Es cierto, pero fue ella la que lo propuso. Y no lo ha hecho de nuevo.

Llevo días dándole vueltas al motivo sin llegar a ninguna solución. Hay varias posibilidades. La mejor, a la que me aferro, es que Lara piense que ha llegado la hora de que sea yo el que dé el paso. Quizá le avergüence que crea que está deseosa de compartir colchón conmigo. Puede que incluso le dé miedo que yo haya aceptado esos dos ofrecimientos por compromiso. Otra posibilidad es que la última vez se diera cuenta de que me levanté empalmado. Estuve tentado de explicarle que es algo que me pasa casi siempre, aunque duerma solo o no tenga ningún sueño particularmente agradable, pero preferí doblarme sobre mí mismo en una posición de lo más antiergonómica y tirar del disimulo. La última opción es la que más me preocupa: que sepa que le vi una teta.

En mi defensa diré que no fue intencionado. Me desperté de madrugada con frío —porque ella se había vuelto a hacer un capullo con todas las sábanas—, tiré del extremo de la colcha, con cuidado de no despertarla, y... lo vi. El tirante del pijama bajado y medio pecho fuera de su sitio. Volví a taparla, pero dio igual: su teta se paseó por mi imaginación durante horas.

Hago un inciso para repetir que no me levanté empalmado por ello. ¿Que después, por la mañana y ya en la ducha, le di más vueltas de la cuenta a la imagen? Sí. ¿Que acabé haciéndome una paja? También. Pero sin querer, prometo que no hubo premeditación ni alevosía y que no me siento orgulloso de ello.

Ni relajado, de hecho, porque el problema no parece haberse solucionado y la teta de marras, unida al resto de Lara, se me vienen a la cabeza con demasiada frecuencia.

Nunca he pensado que fuera fea. Que no tenga ningún criterio a la hora de vestir ni modales para comer no quita que sea mona. No, mona no. Antonio es mono. Ella es guapa.

«Y bisexual». Pues sí. La verdad es que también le he dado bastantes vueltas a eso. Que no le interesen únicamente las mujeres implica un nuevo abanico de posibilidades. No es como si de pronto me gustara porque crea que tengo oportunidades de enrollarme con ella o algo por el estilo. Es decir, me cae bien, es divertida y honesta... a su manera. Pero ¿me liaría con ella?

Puede. Casi seguro. Sí.

Me llevo las manos a la cara y resoplo, frustrado, antes de volver a sacar el móvil. Lara lleva horas encerrada en la habitación haciendo quién sabe qué, supongo que trabajando en el guion. Ha estado muy centrada en eso los últimos días.

Escribo y, al fin, no borro.

Yo: Hoy la vecina de nuestro bloque se ha puesto a cantar en el balcón mientras regaba, ¿crees que quería que la de enfrente la escuchara?

Lo sé, lo sé, parece que no tiene que ver con aquello de compartir colchón, pero es importante ir con pies de plomo y, si está ocupada con esto, es un buen modo de iniciar conversación. No quiero que piense que tengo segundas intenciones.

¿Las tengo? ¿Estar abierto a la posibilidad de enrollarme con ella cuenta como segunda intención? Probablemente.

Lara: Seguro.

Yo: Hace mucho que no preparas tortitas.

Lara: Ya.

No está particularmente colaborativa.

Yo: ¿Cuándo aprendiste a cocinarlas?

Lara: No sé.

¿Estoy empezando a frustrarme? Estoy empezando a frustrarme.

Yo: Mi color favorito es el verde, ¿y el tuyo?

¿Que por qué le pregunto esto? En primer lugar: porque me interesa saberlo. Y en segundo lugar porque quiero plantearle que durmamos juntos cuando se digne a contestarme como una persona en lugar de como un robot. Uno de lo más recalcitrante.

Lara: El negro. Estoy ocupada.

Lanzo el móvil hacia la mesa, molesto. ¡Yo también estoy ocupado! ¡Intentando sacar un tema de conversación peliagudo, para colmo!

Media hora más tarde, me resigno y me quedo en el sofá en ropa interior, arrebujado con la manta. Parece que hoy también me tocará dormir aquí.

Escucho la puerta de la habitación abriéndose y me incorporo de golpe. Cuando Lara llega al salón, lo primero que hace es mirarme el pecho. Luego, como si acabara de darse cuenta de lo que estaba haciendo, levanta la vista y se fija en un punto de la pared situado un poco a la izquierda de mi cara.

—Estaba trabajando en el guion —explica.

—Ya suponía.

—¿Y bien? ¿Qué querías?

«Por favor, que sea la posibilidad uno, que quiera que sea yo el que se lo proponga esta vez».

Nunca me ha costado decir lo que pienso, mucho menos reclamar lo que me apetece, pero con Lara todo parece más complicado. Como si fuera un petardo con la mecha demasiado corta, de esos que pueden reventarte en la mano si no vas con cuidado.

No quiero que vuelva a enfadarse y, al mismo tiempo, tampoco quiero coartarme.

Le echo un vistazo de reojo a mi retrato, que parece querer transmitirme que «el que no arriesga no gana».

—Quería saber si te apetecía que hoy durmiéramos juntos.

Hala, ya está. Ahora solo queda intentar aparentar que no estoy histérico. No sé si lo consigo, porque cuando vuelve a mirarme el pecho, me tapo con la manta como acto reflejo.

—¿Por qué estás en calzoncillos?

—Porque iba a acostarme.

¿A qué viene esa pregunta? ¡Oh!

Que lo diga. Venga. Vamos.

Ya estoy sonriendo cuando pone los brazos en jarras y frunce el ceño.

—Sabes cuáles son las reglas: nada de dormir medio desnudo. Así que, venga, ponte el pijama y ven a la habitación.

—Sé que en el fondo quieres que duerma así a tu lado —me burlo. O deseo, yo qué sé.

—¡Vístete!

LARA

Parece como si el silencio estuviera gritando.

Es incómodo porque creo que intenta decirme algo, aunque no sé el qué. Quizá busque tranquilizarme. Sí, será eso. «Lara, no estás nerviosa porque David vuelva a estar a tu lado en la cama», traduzco, «lo que pasa es que hace mucho tiempo que no estás con alguien... ya sabes cómo». Por lo visto el silencio es un poco mojigato. Lo que quiere hacerme ver es que hace bastante que no tengo sexo. Y, claro, por mucho que odie a la persona que tengo al lado, las hormonas siguen ahí dando guerra.

En realidad ya no lo odio. Está claro que es más gracioso de lo que pensaba y que tiene la mandíbula más...

«¡Lara, basta!».

Esto me lo grito yo mentalmente, no el silencio, que se ha puesto colorado cuando se han colado sin permiso un par de imágenes en mi cabeza. Unas en las que hay mucha de esa piel blanca que vi cuando lo pillé en el baño.

«Di algo, joder, ¡normaliza la situación!».

—¿Crees que las vecinas están enamoradas? —suelto.

Genial, ¡anda que no había temas de los que hablar! Aunque puedo darme con un canto en los dientes por no haberle preguntado de dónde leches ha sacado esos abdominales o por qué huele tan ridículamente bien. Debe ser el gel desinfectante.

Por favor, que sea el gel desinfectante.

—Espero que sí —contesta. Está en la misma posición que yo: bocarriba, mirando fijamente al techo y apenas moviéndose. Quizá el silencio también le esté diciendo cosas, ojalá pudiera saber cuáles. Deben ser interesantes, porque lo noto removerse, inquieto, antes de aclarar—: Me refiero a que sería bueno para el guion, ¿no? Ya sabes, que se quisieran de verdad. No es como si en realidad me importara o me hiciera ilusión o... Que me da igual. Por supuesto.

En el tiempo que llevamos viviendo juntos me he dado cuenta de que David hace un montón de cosas mal. Por ejemplo, la semana pasada tuvimos una conversación en la que le expliqué el motivo por el que creía que nunca había conseguido hacer amigos de verdad. Empecé con sutileza, te lo prometo, pero estaba tan emperrado en su punto de vista que acabé diciéndole que era difícil soportar a una persona que estaba hablando de sí misma sin parar.

—¿Entonces cómo voy a conseguir que me conozcan? —me preguntó, frustrado.

—Es algo orgánico, David. Fíjate en lo que pasó cuando hicimos la fiesta de Skype, ¿por qué crees que te fue bien, especialmente con Eloy?

—Porque a los dos nos gusta el *SingStar*.

—No. Fue porque ambos os interesasteis por el otro. Porque la conversación fluyó y resultó que erais compatibles. —Como seguía sin parecer convencido, le di una palmada en el hombro y me sinceré. Con él y también conmigo misma—: No eres mal tío. Está claro que no puedes caerle bien a todo el mundo, nadie puede, pero si actúas con naturalidad, la gente se dará cuenta de que tienes cosas buenas.

—¿Como cuáles?

—Eres gracioso. —Me miró igual que Toño mira a su cuenco vacío de comida, con una mezcla entre la súplica y la demanda—. Y te esfuerzas, y no te rindes, y pides disculpas cuando te das cuenta de que has hecho algo mal, y... —Me mordisqueé el labio inferior, incómoda.

—Tú tampoco estás mal —me dijo al cabo del rato.

La cuestión es que lo que peor se le da a David es disimular. Estoy convencida de que está emocionado por lo que se cuece entre nuestras vecinas. Antes de venir a vivir con él me habría parecido absurdo, pero ahora encaja. ¿Por qué iba a tener la estantería llena de esas novelas o sugerirme ver películas románticas si no fuera...? Si no fuera ¿qué?

«Muy mono».

¡A callar, silencio!

Seguro que lo que le pasa es que el cine y la literatura le han creado un montón de necesidades y expectativas ridículas. A mí me sucedió hace tiempo. Me volví adicta a esas historias y luego me di cuenta de que la vida no funcionaba igual. Que no había mariposas, grandes discursos ni choques accidentales que acaban en besos bajo la lluvia.

Al cabo de un rato, pregunto:

—¿Te has enamorado alguna vez?

Tarda tanto en contestar que pienso que se ha quedado dormido.

—Creo que sí, hace tiempo. Aunque no salió bien.

—Si lo crees y no lo sabes, es que no lo has estado.

—Menuda tontería, ¿por qué piensas eso?

—Es lo que sucede siempre: creemos que alguien nos gusta mucho, que lo queremos, hasta que aparece otra persona y nos damos cuenta de que la emoción anterior no valía tanto. Que solo era un encaprichamiento —le explico.

Por eso acabé cortando con las dos personas con las que he salido, ¿para qué perder el tiempo si ese sentimiento que tienes, o crees que tienes, no es más que algo pasajero? ¿Para qué esforzarse o pasarlo mal?

Noto el colchón temblando, así que miro de reojo a David. Me lo encuentro riéndose sin voz, solo con los hombros.

—Para ser alguien que escribe guiones sobre el amor, eres un poco cínica al respecto.

—Quizá —reconozco a regañadientes. ¿Por qué hemos

acabado hablando de esto? Ah, sí, por mi culpa—. ¿Por qué crees que te enamoraste?

—Porque sí. —No sé si está confuso o a la defensiva—. No es una cosa que uno tenga que analizar. Se siente y punto. ¿No dijiste que te habías enamorado de Carlota?

—No, solo me gustaba. Es diferente. —Me giro hacia él para ver cómo reacciona porque, de pronto, me parece algo muy importante—. ¿Qué sentiste cuando te enamoraste? ¿En qué cambia con respecto a que simplemente te guste alguien?

—No estoy seguro —reconoce antes de girarse también hacia mí. Coloca el brazo por debajo de la almohada y tuerce la boca, meditabundo. Sonríe cuando da con la idea y, al volver a hablar, huelo su pasta de dientes de lo cerca que estamos—. Cuando te gusta alguien, supongo que te llama la atención y te atrae, sin más. Al menos al principio, porque poco a poco va cambiando, dando paso a otra cosa a la que todavía no sabes ponerle nombre.

»Cuando te enamoras, te obsesionas. —Frunce el ceño, molesto de pronto—. O no, no lo haces, no tienes por qué obsesionarte. En realidad puede ser tranquilo, pero es más, ¿me entiendes? —No sé si lo hago, pero asiento, para que siga hablando y para que la bola que se me ha instalado en la garganta baje de una vez—. Es todo. No es en lo único en lo que piensas, pero, cuando lo haces, no te limitas a "pues qué guapa es Fulanita" o "me gustaría enrollarme con ella". La ves riéndose y querrías que te dejara contarle un chiste cada día para que volviera a hacerlo. Y esos defectos que...

—Por favor, no me vengas con que los defectos se transforman en virtudes —lo interrumpo.

La sonrisa que esboza brilla en la oscuridad.

—Si me dejas terminar... —Se toma su tiempo antes de volver a hablar y la mirada que me dedica es tan intensa que acabo dándome la vuelta y haciéndome un ovillo. Su voz me llega como una carcajada suave—. Los defectos que te sacaban tanto de quicio al principio son más tolerables, incluso divertidos, simplemente porque pertenecen a esa persona. Imagínatelo como una escalera, ¿vale? Cada persona con la que te cruzas tiene la suya propia. A veces son pequeñas, poco más que un taburete, y otras parecen interminables. No creo que empieces enamorándote de golpe, al menos a mí no me ha pasado nunca, sino que vas subiendo peldaño a peldaño. Con alguna gente, al llegar a la cima te das cuenta de que no puede haber más, que lo máximo que vas a conseguir es que te haga gracia o te encapriches.

»Pero otras veces puedes avanzar, quieras o no, cada vez más arriba. Empezar por ese "qué buena está Fulanita", pasar al "me gustaría hacerla reír" o "esas piernas demasiado largas en realidad son perfectas", hasta llegar a esa otra cosa que, con franqueza, no tengo ni idea de cómo explicar. Pero es diferente y lo es todo.

DAVID

Vale, esto es incómodo. ¿He sido muy obvio y se habrá dado cuenta de que me pone? Quizá por eso se haya dado la vuelta. A lo peor ha malinterpretado mi discurso —que, dicho sea, ha estado inspiradísimo— y puede que ahora piense que me he enamorado de ella, ¿por qué he tenido que poner el ejemplo de las piernas largas?

A ver, no miento si digo que hace tiempo que han dejado de parecerme repelentes y que he fantaseado más de una vez con ellas, pero eso no significa que esté enamorado de Lara. O sea, nada más lejos de la realidad. Ni siquiera sé si me gusta. Estoy en el primer escalón. O en el segundo. ¿Tercero? No sé, el que implica que enrollarnos me parecería de lo más agradable. Y que me cae bien. ¿Quiero hacerla reír? Puede ser.

Tengo que darle vueltas a esto con Antonio. O no, mejor con Eloy. Él al menos me contesta y no se lame el culo mientras le cuento mi vida.

Y también tengo que arreglar esta situación. Sin embargo, es más fácil decirlo que hacerlo. ¿Qué hago, le miento? Quizá sería adecuado que sacara a colación alguno de sus defectos, para dejar claro que siguen resultándome insoportables. La mayoría, al menos.

¿Y si vuelvo a mencionar lo de que preferiría acostarme con un cactus antes que con ella? Pese a ser mentira. Porque es mentira. Una mentira como una catedral.

¡Piensa!

—Cuando dejas las bragas tiradas en el baño, yo...

—Hace frío —me interrumpe en un murmullo.

—Eh... sí.

En realidad tengo muchísimo calor, pero puede que ella se haya puesto mala. ¡¿Y si la he puesto mala yo con mi obviedad?!

«No seas ridículo». Vale, bien, tengo que comportarme como la persona analítica que soy. Lo suyo sería ofrecerle una manta extra, hay varias en el arcón. La de terciopelo mejor descartarla porque tiene algo extraño en contra del género —no para de criticar el sofá—. ¿La de lana le gustará? Ojalá le guste.

Estoy a punto de preguntárselo cuando la veo acercarse a mí, todavía de espaldas y hecha una bola. Pero ¿qué hace? Oh. Ya entiendo: quiere que yo le dé calor. ¡Quiere que yo le dé calor, por Dios Santo! ¡¿Y ahora qué?!

Me quedo estático, respirando todo lo despacio que puedo para que no se note que estoy casi hiperventilando. Con cuidado, como si frente a mí hubiera una serpiente de cascabel en lugar de una chica, me arrimo. Un centímetro o dos en lugar del medio metro que me gustaría. Porque soy un caballero y porque si la asusto y sale de la habitación gritando que soy un acosador me veré obligado a tirarme por la ventana.

Ni grita, ni se va, así que me acerco un poco más, tanto que casi soy capaz de oler mi champú en su pelo, que sigue teniendo un color horrible, primer escalón. Aunque empiezo a creer que es divertido, segundo escalón.

Mi brazo se extiende sin permiso y, de pronto, se lo estoy acariciando. Preparo mentalmente cien excusas, que van desde el «tienes las puntas abiertas» hasta «había una cucaracha aquí enredada. Tranquila, te la acabo de quitar».

Sin querer, uno de mis dedos le roza el cuello y la veo contener un escalofrío. ¿Y si sí que estaba helada y estoy yo aquí manoseándole el pelo en lugar de ofreciéndole una manta? Pero ¿si quiere una manta por qué se me ha pegado?

Vaya. Quizá quiera un abrazo. Ayer mencionó que daba mucho calor.

Madre mía.

«Respira hondo, haz eso de portarte como un caballero, muérdete la lengua si hace falta y ni se te ocurra sugerir aquello en lo que estás pensando».

Decido hacerlo de golpe. Pego el pecho en su espalda y le paso el brazo por encima de la cintura. Para que no se piense lo que no es —aunque querría que fuera—, coloco la mano sobre el colchón, convertida en un puño.

«No toques, no toques, no toques».

Se acurruca contra mí. Espero que no se dé cuenta de los esfuerzos más que evidentes que hago de mantener mi... eh... pelvis fuera de su alcance.

«Que no lo note, que no lo note, que no lo note».

Ni la fiesta que hay montada bajo el pantalón de deporte ni los latidos de mi corazón.

Creo que mi antebrazo está encima de un trozo de piel desnuda. ¿Se le ha subido la camiseta del pijama?

Uf. Me espera una noche muy larga.

LARA

Lo está haciendo a propósito.

Lo miro a través del tercer café de la mañana —no he

pegado ojo esta noche—, sentada en uno de los taburetes de la cocina, y cada vez lo tengo más claro.

Para empezar: cuando ha apartado la mesa del salón para hacer hueco para la esterilla, ha flexionado demasiado los músculos de la espalda, logrando que se le marcaran a través de la camiseta. Y se ha esforzado por inclinarse para que tuviera un primer plano de su culo en pantalón corto.

Para seguir: ha elegido una tabla deportiva con la que lucirse. Nada de yoga acrobático, hoy le ha dado por el HIIT, que por lo visto consiste en ejercicios cortos de alta intensidad o no sé qué. Me lo ha explicado con mucha motivación cuando me ha invitado a hacerlo con él, algo a lo que me he negado tras un bufido, entre sorbos de café.

¿Y qué es lo malo del HIIT? Que suda y gruñe. Un montón. Como si estuviera... ¡Me cago en la leche, se está quitando la camiseta! ¡¿Ves?! Esto es a propósito. Está esforzándose para que vea y note cosas, cosas que en condiciones normales no querría ver ni notar. Como ese maldito lunar que tiene justo encima de la clavícula, o ese montón de piel brillante que se estira y se contrae y se...

¡Joder!

Dejo la taza de café en la pila con un golpe seco y me voy a la habitación. Necesito llamar a Ruth. Ahora. En lugar de saludarme como una mejor amiga normal, dice nada más descolgar:

—¿Te lo has tirado ya?

—¡No!

Hablé con ella el otro día para contarle cómo llevaba el guion, y al final acabé confesándole que las cosas con David iban bien. Para mí, «bien» significa «empezamos a ser amigos». Para Ruth, sin embargo, sonó a «voy a pedirle a la mayor brevedad posible de tiempo que me empotre contra la pared». Así que ahora está muy pesada con mi vida sexual, más o menos como el silencio de anoche, pero sin mojigatería.

—¿Por qué? Tía, al menos reconoce que está buenísimo. Y que es muy guapo. Me empieza a doler lo cabezota que eres, ¿sabes? Aquí mismo.

—Ruth, no te veo, no sé dónde es aquí.

—Tengo la mano encima de la teta izquierda, pero podría tenerla perfectamente encima de las bragas porque lo vuestro no es normal.

—Hemos vuelto a dormir juntos —le suelto, tensa. Cuanto antes me lo quite de encima y pueda tratar lo importante, mejor.

—¿Y hubo roce? Ya sabes.

—Sí, ya sé. Y no. O sea... A ver, me abrazó.

—¿Es una especie de metáfora o alguna postura del kamasutra que no pillo?

—No, Ruth, no. Es lo que es: un maldito abrazo. Pero, ¡ag! ¡El caso es que fui yo la que medio se lo pidió! ¡Me estoy volviendo loca! ¡Él me está volviendo loca! ¡No para de pasearse por la casa con su culo y su lunar y sus abdominales y un montón de dientes estúpidamente rectos que no deja de enseñarme cuando sonríe!

Suelta tal carcajada que tengo que alejarme el teléfono de la oreja para no quedarme sorda.

—Lara, respira hondo y escúchame con atención, ¿de

acuerdo? —Asiento, a pesar de que no puede verme, y dejo de dar vueltas por la habitación—. Llevas no sé cuantísimos días viviendo bajo el mismo techo que una persona soltera y de tu edad. Alguien con el que has compartido charlas, cama y un primer plano de su po...

—Ruth, céntrate.

—Vale. Lo intento. El caso es que ¿hace cuánto que no tienes un rollo con alguien? Un montón de meses. Y eres una mujer alosexual de dieciocho años, es normal que te lo quieras pinchar.

—¿Me estás diciendo que estoy sufriendo una especie de síndrome de Estocolmo?

—No, hija, no. Te estoy diciendo que te acuestes con él de una vez y que luego me llames para contármelo.

—Pero solo tengo ganas de tener sexo con él porque no me relaciono con casi nadie más —insisto—. Como lo de la Bella y la Bestia, pero un poco más gráfico y menos furro.

—Mira, nena, convéncete como te dé la gana, pero hacedlo.

—Y así nos lo quitamos de encima.

—No —me contradice, como si fuera muy corta y no estuviera entendiendo algo muy obvio—, así abrís la veda y podéis seguir haciéndolo. ¿Crees que él está interesado?

Vuelvo a pasearme por la habitación, nerviosa de nuevo.

—¡Yo qué sé! Eso es lo que te iba a contar, que parece que está haciendo un montón de cosas a propósito para que me fije en él. Como ejercicio —ignoro su «lleva haciendo eso desde el principio»—, o... ¡comer! Me refiero a que mastica demasiado, ¿sabes? Como si quisiera que me fijara mucho en su mandíbula. Y el otro día se le escurrió un poco de zumo y se pasó la lengua por los labios.

—Menudo monstruo —me dice, con voz aburrida.

—¡Y hace unas horas, cuando estudiaba, no paraba de teclear muy deprisa en el ordenador para que viera que tiene los dedos y los brazos larguísimos!

—Seguro que lo hacía por eso. Cero dudas tengo.

—¡Ruth!

—Eres muy frustrante, pero como te quiero te voy a dar un consejo. ¿Recuerdas esos pantalones cortos que llevaste la primera vez que quedamos todos? A los que Eloy dijo que iba a hacer un monumento.

—Sí, claro.

—Bien, póntelos y ve hacia donde esté. No te estoy diciendo que te quedes plantada como un pasmarote delante de David, sino que te acerques. Si, incluso con medio culo al aire, te trata como si fueras su hermana pequeña: lo siento, chica, no tienes nada que hacer. Si no...

Media hora más tarde, después de probarme cien combinaciones de ropa diferentes, voy hacia el salón con los dichosos pantalones de triunfar, como los llama Eloy.

La verdad es que nunca he tenido problemas para ligar. No me refiero a que la gente haga cola para enrollarse conmigo, pero por lo general sé cómo conducir la situación y no me da vergüenza que queden claras mis intenciones. De hecho soy muy directa.

O lo era. Porque ahora mismo estoy tal y como temía Ruth: de pie como un pasmarote y sintiéndome muy ridícula.

No sé cómo se siente él. Está apoyado contra el frigorífico, con una tarrina de un litro de helado de vainilla en las manos y la cuchara colgando de la boca. Ha levantado las cejas casi hasta el nacimiento del pelo y no deja de mirarme. Con vergüenza ajena o con ganas, esa es la cuestión. Me doy una palmadita de ánimo imaginaria y me digo a mí misma que, si sale mal y no parece interesado, al menos podré pasar a otra cosa. Siempre he llevado bien los rechazos.

—Yo también quiero —le digo, mientras me acerco a él.

No creí que fuera posible, pero levanta todavía más las cejas y se saca la cuchara de la boca con más lentitud de la necesaria.

—¿Esto? —pregunta, levantando un poco la tarrina.

Cuando llego hacia él, me quedo a medio metro e intento balbucear lo menos posible:

—No, eso no.

Sin moverse de donde está ni dejar de mirarme, suelta el helado sobre la encimera.

Muy bien, ¿y ahora qué? ¿Esto significa que está dispuesto o simplemente está esperando a que le diga de una vez qué quiero? Doy un paso más. Estamos tan cerca que casi siento la tela de su camiseta contra la piel que deja expuesta la mía. Tan cerca que veo perfectamente cómo separa los labios y abre un poco las piernas. Tan cerca que huelo el sabor del helado que acaba de tomarse.

Tanto que apenas tiene que estirar el brazo para engancharme la trabilla del pantalón y terminar de pegarme a él.

—Entonces, ¿qué quieres? —me pregunta con una voz que no había usado hasta ahora. Da escalofríos, como una caricia demasiado suave o algo así.

¿Qué quiero? ¡¿Qué demonios es lo que quiero?! Los ojos se me van a su boca, la que tiene una sonrisa estúpidamente recta aunque ahora permanezca laxa, a la espera. Me está esperando a mí, a que decida. Sí o no, es muy fácil. Blanco o negro.

Su otra mano me agarra de la cintura y me acaricia la piel con las yemas de los dedos. ¿Es su corazón el que noto saltando como loco o es el mío?

No, no, no.

Esto es un error, va a salir fatal. Me aparto de golpe, intentando parecer natural sin ningún éxito.

—Quería decirte que voy a estar ocupada hasta esta noche. Con el guion, ya sabes —miento.

—Eh... vale. —Parece desconcertado—. ¿Quieres que luego veamos una película?

—No sé, depende de lo que me cunda. Ya veremos. Adiós —digo todo eso de carrerilla, mientras salgo del salón casi al trote.

Una vez estoy en la seguridad de la habitación, me tiro en la cama bocabajo y pataleo sobre el colchón. Debería continuar con el guion porque tengo cosas nuevas que añadir. Después de muchos intentos, la vecina de enfrente, María, ha conseguido que Sofía le conteste a los carteles que llevaba días dejándole. Ha tenido que hacer de todo: poner su nombre, hacer un dibujo de su perro —que se llama Peeta—, dejarle un mensaje de ánimo... Tras una semana insistiendo, Sofía escribió su propio nombre debajo de un «Hola» pintado de colorines. No se dicen mucho de momento, no sé si por timidez o porque todo el mundo puede verlo, pero se desean los buenos días e incluso intercambian recetas. Ayer, María quiso compartir una tan compleja —albóndigas veganas sobre una cama de no sé qué— que empapeló todas las ventanas de su casa.

Pero pese a todo el material nuevo, no creo que sea capaz de centrarme ahora en el dichoso guion. Además de que la actitud de la vecina de enfrente me recuerda a David, por lo que su cara no para de apartar a empujones cualquier otra cosa que se me pase por la cabeza. Hasta su recuerdo es egocéntrico, manda narices.

Lo que acaba de pasar ha sido intenso. A ver, está claro que tenía que serlo, siempre hay intensidad cuando te lías —o estás a punto de hacerlo— con alguien. Pero, no sé, había algo que estaba mal. Quizá sea que David no parecía el mismo David de siempre, era como más, como si ocupara un montón de espacio. ¡Hasta su voz era distinta!

Llamaría a Ruth para preguntarle si merece la pena enrollarse con alguien, por mucho síndrome de Estocolmo que tengas, arriesgándose a fastidiar la relación previa. Pero estoy segura de que me diría que sí y algo como: «¿por qué ibas a fastidiarla? En todo caso la mejorarías: tienes un amigo guapo y, encima, te acuestas con él, ¡todo ventajas!».

Una vez, en una fiesta, besé a Eloy. Y es cierto que ambos nos lo tomamos con naturalidad el lunes siguiente, cuando nos vimos en clase. Sin embargo, por algún motivo que no alcanzo a comprender, esto no sé si funcionaría igual de bien.

Tendría que ser lo mismo: a pesar de lo imposible que me pareciera hace meses, David se ha convertido en mi amigo. Pero no es Eloy. David está obsesionado con las grandes historias románticas, por mucho que trate de ocultarlo. Y me mira de otra forma, como si estuviera intentando aprenderme de memoria.

No es malo, solo es demasiado. Similar a una comezón en la piel que por mucho que rasques no se va.

DAVID

—A ver, solo son cuarenta y tantas horas de juego, pero una vez lo acabas puedes volver a los capítulos anteriores y...

—Creo que me gusta Lara.

Eloy se queda callado un segundo y, a medida que asimila lo que acabo de decirle, va abriendo cada vez más los ojos. Se acerca tanto a la pantalla del ordenador que da la impresión de que intenta pasar a través de ella para gritarme a la cara:

—¡¿Qué?!

—Es solo una hipótesis —me apresuro a aclarar, frotándome la nuca.

Tratar con alguien estas cosas, alguien con capacidad para contestarte —no como Antonio—, me pone los nervios de punta. ¿Y si no habíamos llegado a este punto todavía? ¿Y si cree que nuestra amistad ha dejado de funcionar porque no le interesa hablar de sentimientos?

—Vale. Vale, vale, vale. —Su histerismo me está volviendo loco. Dejo caer la cabeza contra el respaldo del sofá y me llevo las manos a la cara—. ¿Está en casa ahora?

—Trabajando.

—Bien. Bien, bien, bie...

—¿Puedes dejar de repetir las cosas mil veces? Estoy al borde del infarto.

—Lo siento, tío, es que es muy fuerte. Que te entiendo, ¿vale? Lara es genial. Pero no pegáis ni con cola. —Emite un silbido que no sé cómo tomarme y pregunta—: ¿Por qué crees que te mola?

—Porque ya no me parece un flamenco.

—Perdona, ¿qué?

Cambio de posición, colocando los brazos sobre las rodillas, y lo miro con desesperación mientras trato de explicarme.

—La primera vez que la vi, es decir, que la volví a ver cuando se instaló en mi casa, pensé que tenía piernas de flamenco. Hace unos días decidí que no, y que me gustaban.

—Eso es normal. Me refiero a que te ponga cachondo. —Se encoge de hombros—. Lara está buena.

—Ya. A ver, a esa conclusión llegué hace una o dos semanas. Pero no sé si he seguido subiendo escalones, ¿me entiendes?

—Para nada.

—Mira, el primer escalón sería algo como: «Vaya, esta

tía está bien». El segundo: «Me gustaría enrollarme con ella». El tercero...

—«Ojalá se siente en mi cara» —trata de colaborar.

Suelto una carcajada mientras Eloy asiente con aire entendido.

—Algo así. Vale, pues no sé si he seguido subiendo.

—¿Cuál es el cuarto?

—Como una quemazón.

—¿En el rabo?

—No. Bueno, sí, pero también en el resto del cuerpo.

—¿Y si se lo dices? Mira, tío, no se me da bien ser sutil. Cuando me ha molado una chica, se lo he soltado sin darle más vueltas. Quizá así, si todavía no ha pensado en ti de esa forma, se lo empiece a plantear.

—Esa es la cosa —le explico—, que no sé si también se lo ha planteado. El martes pasó una cosa rarísima: estaba comiendo helado tranquilamente y apareció con unos pantalones diminutos y una camiseta corta.

—Creo que sé de qué pantalones hablas. Uf. Menuda tortura.

—Exacto. Hasta ahora solía llevar otro tipo de ropa, así que me extrañé, pero lo peor no fue eso. Me dijo que ella también quería algo, así que le ofrecí helado, pero resultó que no quería de eso.

—¡Hostias! —grita, dando un salto y sonriendo tanto que le veo hasta las muelas del juicio—. ¿Quería... un polo? Ya sabes, ¿tu polo?

—¡No lo sé! —Aunque me exalto, vuelvo a reírme—. Se me acercó mucho, como si buscara que nos liáramos, y

141

luego se fue corriendo diciendo que tenía muchas cosas que hacer.

—Tío.

—Ya.

—Mira, si te da miedo lanzarte a la piscina sin tenerlo claro, aunque a mí me parece que ya está cristalina la cosa, vigila las señales.

—¿Qué señales?

—De esas raras. Como tocarse el pelo, mirarte como con mucha intensidad o aparecer en bragas delante de ti. Cuando las veas, se lo sueltas.

Esa tarde soy incapaz de ver ninguna señal. Nada más llegar a casa del trabajo, Lara se encierra en su habitación. Es cierto que me ha pillado saliendo del baño con la toalla en la cintura y me ha mirado, pero ha sido con susto más que con otra cosa. Que quizá le haya asustado lo atraída que se ha sentido hacia mí, pero como no lo tengo claro, decido seguir el consejo de Eloy y esperar.

Él no parece muy dispuesto a hacerlo, por cierto. Me manda una media de diez mensajes cada hora para preguntarme si ha pasado algo, seguidos de un montón de emoticonos de berenjenas, melocotones y gotas.

Más o menos a las ocho, después de ver una película, jugar a la Play y desarrollar cierto resquemor por Antonio —que está en la habitación con Lara, al contrario que yo—, decido bajar al trastero a por la guitarra.

Hace por lo menos dos años que no toco, aunque me la

traje cuando me mudé por si me volvía a dar por ahí. Me gusta mucho, pero es algo a lo que hay que dedicarle bastante tiempo y, entre las clases y los exámenes, no he encontrado hueco. Además de que no quiero dedicarme a ello. Es un *hobby* y ya está, algo que me relaja.

Llamo con los nudillos y, a través de la puerta del dormitorio, le digo a Lara que salgo un momento. Me contesta con un gruñido ininteligible. Otra señal confusa.

Cuando vuelvo, cambio las cuerdas y empiezo a tocar, escucho un golpetazo en la habitación. Un par de minutos después, Lara se presenta en el salón con cara de maníaca. Tiene el pelo hecho un lío, los ojos desmesuradamente abiertos y las mejillas coloradas. ¿Qué demonios le pasa ahora?

—¡¿Me estás vacilando?! —me chilla, señalando la guitarra.

—¿Eh?

—¡Que si lo haces aposta!

—¿Estoy haciendo mucho ruido?

—¡No! ¡Estás intentando...! ¡Estás...! ¡Todo el tiempo ahí con el lunar colgando y masticando y...! ¡Y ahora te pones a tocar como si tal cosa!

Dejo la guitarra encima de la funda y me pongo en pie, con las palmas apuntando hacia ella. He visto en algún documental que es la mejor manera de tranquilizar a un animal salvaje y quizá funcione con Lara. O quizá no, porque tiene pinta de ir a lanzarse sobre mí en cualquier momento y sacarme un ojo con ese dedo que no para de apuntarme.

—Mira, si estás nerviosa por lo del guion, puedo echarle un vistazo —tanteo.

—¡A mi guion no le pasa nada, eres tú el que está mal!

¡¿Qué?! Esto es el colmo.

—¡¿Perdona?! —Me acerco a ella en dos zancadas. Ni palmas extendidas ni nada. Que sepa que no me amedrento ante el peligro, ¡que, de hecho, también puedo ser peligroso!—. ¡No soy yo el que se pasea por la casa con medio culo al aire, diciendo que no quiere helado y ocultando sus verdaderas intenciones!

Balbucea a gruñidos algo que no consigo entender, mirando hacia las paredes en busca de qué sé yo. Cuando sus ojos vuelven a apuntar a los míos, con el ceño tan fruncido que debe de estar doliéndole, suelta:

—¡Estoy harta! Mira, está claro que los dos tenemos algo que decirnos. ¡Pues hagámoslo de una vez y dejémonos de tonterías!

Vale, ¿esto es la señal de la que hablaba Eloy? Ojalá pudiera llamarlo. «Oye, cuando una chica se acerca a ti y te acusa de masticar y de tener un lunar significa que le gustas?». Busco algo en su actitud que me haga llegar a la conclusión de que puede tratarse de esto. Me grita, pero Lara siempre está gritando. Está roja, sin embargo puede deberse a este enfado inexplicable.

Me aferro a lo único raro que he visto estos días: ese abrazo que pareció buscar cuando dormimos juntos la última vez y el incidente de «quiero algo y no te digo el qué».

Tomo aire, abro la boca y explico:

—Cabe la posibilidad de que me intereses de una forma tirando a romántica.

Justo al mismo tiempo, ella ha dicho:

—¿Nos enrollamos de una vez?

—¡¿Qué?! —gritamos los dos.

Esto es ridículo. No soy estúpido, que me diga lo de enrollarnos es una señal. Una enorme, con un cartel de neón brillando encima.

—¿Quieres que nos liemos? —me aseguro, perplejo.

—¡¿Te gusto?!

—Hay muchas posibilidades, sí. ¿Podemos dejar de hablar de dos temas diferentes al mismo tiempo? A menos que en realidad hablemos de lo mismo. Me refiero a que quizá al sugerir enrollarnos estés intentando decir que tú también...

No me da tiempo a terminar. Mientras hablaba, se ha acercado a mí pisando fuerte, me ha agarrado de las solapas del polo, ha tirado hacia abajo y me ha plantado la boca encima.

Más que un beso, parece un choque. Uno en el que hay dientes de por medio y frases por decir. En el que obviamente no me da tiempo a reaccionar como debería porque me ha pillado por sorpresa.

Dura dos parpadeos —suyos, porque yo he estado con los ojos abiertos todo el tiempo—. Luego se separa, me mira como si acabara de asesinar a todos los gatitos *sphynx* del mundo y me hunde en la miseria.

—Esto ha sido un error. No debería haber pasado.

Y se va.

LA SEMANA EN
LA QUE SE
LLEGA A UN
ACUERDO

DAVID

Doy vueltas sobre mí mismo en la terraza, sujetando el móvil con el hombro porque tengo las manos ocupadas. En una sostengo un bloque de pósits verdes; en la otra, un bolígrafo.

Cuando Eloy por fin descuelga, le grito en voz muy baja:

—¡Ya era hora!

—Perdona, tío. Estaba cagando. ¿Por qué hablas así? ¿Estás malo o algo?

—Porque estoy en el balcón para que Lara no me oiga.

—Hoy es su día libre. Debe estar en la habitación haciendo gárgaras con lejía, pensando en lo que sucedió entre nosotros—. Ha pasado algo.

—¿Se ha tocado el pelo? ¡¿Ha vuelto a ponerse los pantalones de triunfar?!

—¡No! Bueno, el pelo se lo habrá tocado. Pero no es eso.

Tomo aire, intentando relajarme para no parecer desesperado. Aunque no tengo del todo claro por qué me esfuerzo, ya que resulta que a Eloy le gusta hablar de estos temas incluso más que a mí. Hace poco me contó con pelos y señales todo lo que creía que pasaba entre Jotacé y Miguel. Incluso confesó que lleva a medias con Ruth un documento de texto en la nube en el que van apuntando sus sospechas.

—La semana pasada me besó —suelto al fin.

En lugar del grito que esperaba, pregunta:

—¿Dónde?

—¡En la boca, joder! ¡¿Dónde va a ser?!

—Me lo temía. Aunque es menos emocionante de lo esperado. Bien, ¿y cómo fue? A ver, mola, me refiero a que al fin ha quedado claro que también le gustas. Oye, ¿por qué has tardado tanto en decírmelo? —No hay censura o reproche en su voz, solo curiosidad.

—Porque estaba esperando para ver qué sucedía después. Que ha resultado ser nada. ¡Nada! Dios, es que no lo entiendo. —Y me abro. Se lo cuento todo, incluido cómo han transcurrido el resto de los días. Que en resumen vendría a ser: con una normalidad tensa. Hay tortitas y películas, pero no besos. Ni camas a medias—. Así que ahora piensa que morreo igual de bien que un pescado muerto, lo cual es tremendamente injusto, ya que no estaba preparado y me pilló con la boca abierta y a mitad de una frase.

—¿Hubo lengua?

—No. Hubo dientes.

—Qué putada.

—Ya. ¡¿Qué hago?!

—Va, no te rayes. —Lo escucho abrir una bolsa, probablemente de patatas fritas, y empezar a masticar. Me ha dicho más de una vez que comer le ayuda a pensar—. Ha sido un primer acercamiento tirando a triste, no te voy a engañar. Seguro que ahora piensa que no merece la pena volver a enseñar medio culo con sus pantalones de matar. Tenemos que elaborar un plan para hacer que entienda que tienes otras cualidades que puedan interesarle, ya sabes a qué me refiero. ¿Que no sabes morrear? Da igual, le vendemos la moto de que lo compensas con un buen revolcón o algo así.

—¡Pero es que sí que sé besar! —me exaspero—. Mira, he pensado que podría darle referencias en un pósit. Gente a la que consultar, con números de teléfono y todo.

—En un pósit.

—Sí. Uno verde. Son los que uso para señalar las partes más importantes de los apuntes. Es mi color favorito. Sería muy simbólico.

—Vas a ponerle los nombres de las personas a las que has besado en un pósit para que hable con esa gente —recapitula, muy calmado—. O sea, harás una lista de tías con las que te has enrollado y se la darás para que, así, le entren ganas de liarse contigo.

—Ese es el plan, sí.

Tras unos segundos completamente en silencio, dice:

—Es el peor plan que he escuchado en la vida. Y Ruth una vez sugirió organizar una conga para animar a Jotacé cuando lo dejó su novio.

Tiro el bloque de pósits y el boli al suelo, cada vez más frustrado.

—¡¿Entonces qué hago?! ¡¿Me planto en la habitación y le doy un morreo para que se dé cuenta de que puedo hacerlo mejor?!

—La verdad es que suena bien.

—¿En serio?

—Claro, tío —me anima. Tras masticar y tragar, añade—: Procura que sea un beso bueno, de esos que hacen que las rodillas tiemblen. Sin meter mano, ¿vale? Pero intenso. Demuéstrale que tienes confianza en ti mismo.

—Vale.

Tras colgar, me preparo mentalmente para lo que estoy a punto de hacer. No le he mentido a Eloy: si existiera alguna página de reseñas relacionada con los besos, estoy convencido de que tendría muy buena puntuación. Los tres primeros que di fueron desastrosos, no me escondo, pero después de fracasar, una vez aprendí a controlar el tema de la salivación y los choques de narices, desarrollé una gran técnica.

Así que me meto en la ducha, utilizo la colonia más cara que tengo y me lavo los dientes por lo menos tres veces. Me miro al espejo y me repito mentalmente que puedo hacerlo bien, que voy a hacerlo bien. También ensayo algunas sonrisas. No sé si voy a usarlas, pero conviene tener un par de ases bajo la manga por si la cosa se tuerce.

Cuando abro la puerta de la habitación, me la encuentro sentada frente al escritorio, escribiendo en su portátil. Me mira por encima del hombro y arquea las cejas.

—¿Qué quieres?

—Tengo que enseñarte una cosa —contesto—. Es importante. ¿Puedes venir?

Se pone en pie y se acerca hacia la salida.

—¿Y bien? Si es porque he vuelto a dejar pelos en la ducha...

—Me la sudan los pelos ahora, Lara.

No dejo que se sorprenda demasiado por el comentario, aunque a decir verdad sí que es muy impropio de mí. Pero cuando estoy tan de los nervios no gestiono bien.

Me coloco justo delante de ella, le pongo las manos en las mejillas, agacho la cabeza y la beso. Al principio ella se mantiene estática, como si se hubiera quedado de piedra. Temo que se aparte o, peor, que quiera pero sienta que no puede hacerlo, así que tampoco lo fuerzo. Muevo la boca sobre la suya con calma, a modo de pregunta.

Sin embargo, cuando me engancha de la camiseta para pegarme más a ella pierdo el control. Bajo una de las manos al cuello, coloco la otra en su cadera y la empujo contra la pared. Se me cuela su quejido en la garganta, pero abro los ojos e intuyo su sonrisa. Me la tomo como una invitación y le doy todo lo que tengo. Le tiro del pelo para que levante más la cabeza y poder profundizar el beso al tiempo que ella enrosca una de sus piernas en las mías. Le muerdo el labio inferior mientras ella me araña la espalda bajo la camiseta. Lo hace genial, tal y como imaginaba. No mejor que otra gente, esto no funciona así, sino justo como necesito. Porque es Lara.

Es entonces cuando la sospecha se convierte en certeza, así que le digo sin palabras todo lo que me gusta. Que he subido un escalón, y dos, y tres, y quién sabe cuántos más. Que esto va de orgullo y también de otra cosa, una que todavía no tiene nombre. Que no nos parecemos en nada, como decía Eloy, pero da igual porque no va de eso. Nunca ha ido de eso. Va de compenetración, de rellenar huecos.

Ella sigue besándome y no sé qué dice. Ni siquiera sé si dice algo.

Reúno toda mi fuerza de voluntad para separarme de Lara, que me observa con descoloque y los labios hinchados.

Sonrío con suficiencia, tal y como ensayé delante del espejo, y le digo antes de irme:

—A ver si esto también te parece un maldito error.

LARA

Yo: Creo que voy a acostarme con él.

Ruth: YA ERA HORA. Por cierto, antes de hacerlo pregúntale a David si le importa darme clases de besar. Quiero decir, si ha hecho que la reina de los cabezotas cambie de opinión, ha tenido que ser increíble. Necesito ese poder.

Vuelven a subírseme los colores al recordar lo que ha pasado hace unas horas. Lo primero que hice cuando se me calmó el pulso fue contárselo a mi mejor amiga. Ha estado toda la tarde pidiéndome por favor que vuelva a explicarle con detalle los mejores momentos. Jura que cuando le he dicho que me ha empotrado contra la pared se le ha caído el móvil al suelo. Las diez veces que me ha obligado a repetírselo.

Yo: Lo tendré en cuenta. Tengo un dilema.

Ruth: Usa protección siempre. Recuerda lo que le pasó a la amiga de mi prima.

Yo: Ya lo sé, tía, que no es eso. El dilema tiene que ver con la ropa interior. ¿La combino? O sea, no sé si quiero que se dé cuenta de que me he esforzado, ¿sabes?

Ruth: ¡Pero si vas a decirle que vuelva a dormir contigo! ¿Crees que es tonto? Después del morreo seguro que tiene claro lo que quieres que pase. ¡Combina, no seas cobarde! Además, él ya te ha dejado tonta con el beso, ¿no? Es tu turno de destrozarlo.

Yo: Vale. Mañana te lo cuento todo. Creo que voy a sugerirle que veamos una película.

Ruth: No sé por qué te empeñas en irte por las ramas.

Yo: PORQUE ESTOY NERVIOSA.

Esto no se lo digo, pero también estoy preocupada. David ya me ha dicho que cree que le gusto y no quiero que se construya castillos en el aire si pasa algo entre los dos. Así que, si consigo que parezca algo fortuito, puedo agarrarme a eso cuando me toque explicarle que esto no significa nada.

Tengo un montón de bragas y sujetadores encima del bidé. Al final hago caso al consejo de Ruth y combino. Me pongo la camiseta para dormir encima del conjunto negro de encaje y respiro hondo varias veces antes de salir del baño.

Puedo hacerlo. Quiero hacerlo. Necesito hacerlo.

Y no solo desde el beso de esta tarde, ni siquiera desde el incidente del helado de vainilla. Antes. Es como una espinita. Algo que empezó siendo pequeño y que ha ido creciendo más y más. Algo que necesito sacar, ver cómo es y luego seguir con mi vida como si nunca lo hubiera tenido dentro de la piel.

Busco a David en el salón y en la cocina. Cuando no lo veo, voy hacia la habitación y me lo encuentro tendido en la cama. Tiene los brazos detrás de la cabeza, que ha girado hacia mí cuando me ha oído entrar. Además de los calzoncillos y de una sonrisa ladeada que me está deshaciendo los huesos de las piernas, no lleva nada más.

155

El nerviosismo que sentía hace un momento se multiplica por mil. Por toda la piel blanca que veo, por ese dichoso lunar sobre la clavícula, por el pelo rubio despeinado y por esos ojos azules que dan la impresión de estar prometiéndome un montón de cosas a voces.

Cambio de planes: tengo que explicarle lo que está pasando antes incluso de que pase.

—Creo que estás confundido.

—No pienso volver a dormir en chándal, Lara.

—No, no me refiero a eso. —Miro a mi alrededor, sin saber dónde sentarme. ¿En la silla? Demasiado lejos e impersonal. ¿En el suelo? Demasiado ridículo. ¿En la cama? Demasiado, a secas. Opto por quedarme de pie y agarrarme las manos para evitar ponerme a hacer aspavientos—. Me dijiste que creías que te gustaba. —Dejo la frase en el aire hasta que lo veo asentir. No parece avergonzado en absoluto—. Pues te equivocas.

—¿Disculpa?

En lugar de gritar, como pensé que haría, se ríe en voz baja y me mira con pitorreo.

—Llevamos mucho tiempo juntos en la misma casa y tú no ves a ninguna otra persona. Has confundido... —Levanta un dedo, como si fuera a decir algo, así que suelto a toda prisa—: Espera, déjame terminar. Bien. ¿Por dónde iba? El síndrome de Estocolmo, eso es. Como no te relacionas con nadie más, te has acabado haciendo un lío con tus sentimientos. ¿Que te atraigo? Vale, lo acepto. Lo entiendo. —«Venga, Lara», me animo, «no seas cagona y suéltaselo de una vez»—. A mí también me pasa. Contigo, no conmigo, claro. Que me atraes. Tú. —Su sonrisa crece, aunque se muerde los carrillos para intentar mantenerla bajo control—. Pero es solo eso: atracción. Nada más. Por el confinamiento y la falta de contacto con el exterior. Ya está. Ya puedes hablar.

Se incorpora hasta quedarse sentado sobre el colchón, con los pies apoyados en el suelo, junto a los míos. Me mira de una forma muy concreta, como si fuera una ecuación y no tuviera claro cómo resolverla. Por fin, me hace un gesto con la mano para que me acerque. Lo hago casi por inercia, hasta colocarme entre sus rodillas, todavía de pie. Veo sus ojos convirtiéndose en dos rendijas finas a través del flequillo, mucho más largo de lo que lo tenía cuando vine a vivir aquí.

Todo es mucho más que cuando me vine a vivir aquí y me agobia.

Estoy a punto de salir corriendo cuando me acaricia la pierna con un dedo suavemente. Se me pone la piel de gallina hasta en la cabeza. Sube y baja por el muslo, sin dejar de mirarme. Cuando al fin habla, lo hace con el mismo tono de esta tarde, el que usó justo después de besarme. Como si se burlara, me amenazara, me suplicara y me prometiera. Todo a la vez.

—Así que crees que todo esto está pasando porque no tenemos a nadie más a mano, ¿no? —Asiento—. Ya. Si fueras otra persona, seguramente intentaría explicarte por qué lo que estás diciendo es una ridiculez. Pero como contigo no funcionan las explicaciones, por más lógicas que sean, te propongo un trato.

—¿Cuál? —susurro, atragantada.

Cuela la mano por debajo de la camiseta y engancha dos dedos en la cinturilla de las bragas para acercarme todavía más.

—Solucionemos este... eh... problemilla de contacto que dices que tenemos —sugiere mientras me mueve con cuidado, para que me siente a horcajadas sobre él. Pega su frente a la mía y me dice casi dentro de la boca—: Si una vez que termine el confinamiento no quieres volver a estar conmigo, cosa que dudo, lo aceptaré.

—Me parece que te lo tienes un poco creído.

Su risa me hace cosquillas en los labios.

—En realidad, no. —Me besa, apenas un roce—. Tengo confianza en mí mismo, claro, pero también tengo miedo. —Otro beso.

Coloco los brazos sobre sus hombros y empiezo a tocarle el pelo. Cuando lo veo cerrar los párpados por el contacto, estoy a punto de tumbarlo en la cama y pegarle un mordisco en la boca.

No me gusta, pero me encanta. Me refiero a su forma de exponerse, de abrirse en canal. De ser lo que es sin tapujos.

—¿De qué tienes miedo?

Vuelve a abrir los ojos y son tan azules —o tan sinceros— que tengo que apartar los míos, cohibida.

—De ti.

No puedo preguntarle el motivo porque me quedo sin palabras y porque aprovecha ese momento para besarme de verdad. Y es mucho mejor y mucho peor que esta mañana. Hay más intensidad, necesidad, urgencia y todo eso que dice que siente por mí. Como si me lanzara a la cara todos los argumentos que tiene para intentar convencerme de que le gusto de verdad. ¿Lo hago? Me agarra de la parte alta de los muslos y nos da la vuelta, colocándose encima. De la boca pasa a la mandíbula, de la mandíbula al cuello. Y muerde, flojo, frustrado pero con tiento. Y le veo ese miedo del que hablaba por debajo de las ganas.

Así que le digo, con el pulso palpitándome en todas partes:

—Si lo que te da miedo es no saber qué hacer, si quieres yo me encargo.

Se me ríe encima de la clavícula y los hombros a los que me aferro le tiemblan. Apoya la frente sobre mi cuello hasta que se calma. Luego vuelve a colocarse a la altura de mi boca. Me pasa la lengua por el labio inferior antes de decir en voz muy baja:

—Eso también me da miedo, es verdad. Pero tiene fácil solución.

—¿Que es...?

—Preguntar.

Y tiene razón. No me había encontrado en esta situación hasta ahora, pero tiene toda la maldita razón. Cuando me he acostado con alguien por primera vez siempre ha sido algo experimental. Podía ir mal o, si sonaba la flauta, podíamos coincidir y la cosa funcionaba de manera aceptable. No es que no se me pasara por la cabeza preguntarle a la gente qué y cómo le gustaban las cosas, David tampoco acaba de descubrir el fuego, pero no lo he hecho porque da vergüenza. Es más sencillo dejarse llevar y tantear mientras compruebas las reacciones de tu pareja.

David no es así. Él habla, igual que siempre aunque con otro tono y sin resultar en absoluto cargante. Me susurra cosas sobre la piel cuando se deshace de mi camiseta. Bromas que aligeran el ambiente, relacionadas con el tamaño de mi sujetador, y también otras cosas. Me acaricia la cara interna de los muslos mientras me besa el ombligo y exige respuestas. Después, cuando me baja las bragas con cuidado, casi con reverencia, me deja claro que ha tomado nota de cada una de ellas. Y, si algo se le escapa, para, me mira, y demanda más información. Lo hace de tal forma que estoy a punto de chillar y desmayarme a la vez.

No sé cómo consigue que este momento, que tendría que dar cierto corte, resulte tan natural. Incluso cuando algo sale mal, cuando me recuerda que es mejor que me quite los anillos para tocarlo a él, sonríe. Y le arranco el gesto a besos.

—¿Tienes condones? —pregunta cuando me aparta a toda prisa «porque hace mucho que no hago esto, Lara, no tientes a la suerte».

Voy corriendo desnuda hacia la maleta, tan rápido que estoy a punto de tropezarme con la ropa que hay tirada en el suelo. Cuando agito la caja delante de él, lo veo con una sonrisilla petulante.

—Ya veo que habías contemplado que esto pudiera pasar.

Le lanzo los preservativos y mi ceño fruncido se resbala cuando empiezo a reírme:

—Idiota, me traje todo lo que tenía en la residencia.

—Ya, claro, claro.

Vuelvo hacia él y, esta vez sí, me lanzo encima y lo muerdo. En la boca, en el lóbulo de la oreja, en el cuello, mientras él trata de abrir el envoltorio. Lo noto tantear y después un:

—Mierda. Creo que me lo he cargado.

Así que sacamos otro, aparto la mano que tiende para que se lo dé y se lo pongo yo. Después, lo empujo del pecho para que apoye la espalda contra el cabecero y me pongo encima. Me mira, todo nervios, ganas y ese sentimiento que cada vez me convence más de que existe. De pronto sus ojos son enormes y me siento como un conejo cegado por el faro de un coche. Anclada, confusa, asustada.

Cuando empiezo, lo veo tensar la mandíbula. Me agarra de la cadera, como si quisiera que me detuviera.

—Rápido, dime lo más antimorbo que se te ocurra.

—¡¿Ahora?!

—Si quieres que «ahora» se extienda en el tiempo, sí.

—Oh. ¿Recuerdas cuando celebraste tu octavo cumpleaños y nos metimos todos en la piscina de tu casa? —Cierra los ojos y una sonrisa empieza a treparle por las mejillas cuando asiente—. Vale, pues me mee dentro. Dos veces.

Y se ríe y nos reímos, y todo es absurdo y fantástico a pesar de ello. O precisamente por ello.

Después, me muevo; con tiento, vigilando cada uno de sus gestos. Me acuerdo de toda esa simetría que me sorprendió cuando lo vi dormido, que de pronto se ha elevado al infinito. Porque es guapo incluso así, mirándome como si pensara que estoy a punto de desaparecer, frunciendo el ceño o besándome en el hombro. Con esas palabrotas que se le escapan y que no me esperaba, pero que le quedan extrañamente bien.

No dura mucho, aunque con un poco de ayuda yo también consigo quedarme satisfecha. Ha habido cabezas que han chocado y cosas fuera de su lugar cuando me he emocionado. Ha habido carcajadas, «lo siento» y «no lo hagas». Y, ahora, sábanas enredadas a nuestros pies y nada más que decir porque creo que ya lo hemos dicho todo.

O él, al menos. Me toca la punta de la nariz con un dedo y aclara, aunque no haga falta:

—Me gustas mucho.

Yo me callo, con un montón de cosas atascadas en la lengua. Mentiras muy obvias y verdades que no estoy dispuesta a aceptar. Porque complican las cosas, cambian los planes y dan mucho miedo.

Así que lo beso, me doy la vuelta mientras me abraza y finjo dormir.

Sigo copiando para el guion cosas que
Sofía y María han hecho de verdad.
¿Esto es como hacer un fanfic con
personas reales? Bah, la profesora no se
va a enterar (sin pruebas no hay delito...
y blabla).

Tengo la escena en la que Sofía (Raquel)
canta y María (Marina) escucha,
sentada con las piernas cruzadas. Y lo de
las recetas pegadas en las ventanas (DE
VERDAD, ES QUE SON TAAAAAN MONAS).
¿Y ahora?

~~Podrían ponerse el número de teléfono y
hablar por WhatsApp.~~ Pierde la magia.
¿Mensajes en clave? ¡Se pueden
recomendar pelis y verlas a la vez!
Mola.

LA SEMANA
EN LA QUE HAY
DEMASIADAS
COSAS QUE
HACER

DAVID

«Esas podríamos ser Lara y yo», pienso, con un mohín rencoroso, mientras observo a las vecinas a través del balcón. Tengo los brazos cruzados apoyados en la barandilla, el mentón encima de ellos y a Toño —¡Antonio!— tomando el sol a mi lado.

La de enfrente ha logrado, con algún poder desconocido que ojalá tuviera yo también, que la de abajo haga ejercicio con ella. Están cada una en su propia casa, mirándose mientras se hacen señas o se hablan a gritos. María, la de enfrente, incluso se ha agenciado una planta. Es un helecho y creo que lo riega demasiado, pero lo importante no es eso. Sino que se esfuerzan por compartir aficiones en lugar de ser obstinadamente cabezotas. Que reconocen, como dos personas normales, lo que sienten la una por la otra.

Sé que a Lara le gusto.

Técnicamente lo sabía desde el principio, cuando por lo visto me equivoqué, pero ahora es diferente. Es de verdad y está en todas partes menos en su maldito cerebro. O quizá ahí también esté, pero se emperra en disimular.

Y lo hace tirando a mal.

Por ejemplo: ayer me acerqué a ella para quitarle un pelo de Antonio, que me había inventado porque los gatos *sphynx* tienen de todo menos pelo, y dio un respingo que casi se golpeó la cabeza contra el techo. Luego empezó a balbucear que tenía asuntos importantes que atender y se fue corriendo al baño.

O anteayer, que vimos juntos una película en el salón y estuvo mirándome la boca de reojo las dos horas que duró. O la semana pasada, que se le cayó al suelo un vaso cuando volví de correr sin camiseta. Puede que ella me dijera que parecía que estaban a punto de darme tres infartos seguidos porque me faltaba el aliento, y puede también que yo me quejara durante más tiempo del estrictamente necesario de que había pisado una caca de perro con mis deportivas nuevas, pero había algo más en el ambiente.

No hablo solo de tensión sexual, que también hay para aburrir. Hablo de otro tipo de algo. De ese escalón al que sé que ha llegado por la forma en la que me trata. No sé explicarlo bien, son más las cosas que no hace que las que hace. Cómo parece esforzarse para que no la pille mirándome, cómo intenta no sonreír cuando ya le tiemblan las comisuras, cómo está pendiente de cada uno de mis movimientos mientras finge prestarle atención a otra cosa.

El caso es que le gusto, no sé cómo y no sé cuánto, pero le gusto. Y me indigna que no lo acepte de una vez. Eloy me ha aconsejado que, en lugar de pedirle que asuma lo antes posible lo que es más que evidente, la ponga nerviosa y le proponga planes para estar juntos. Así que es a lo que me dedico. Me paseo en calzoncillos por la casa, hago ejercicio para lucirme, me insinúo mientras friego el suelo con oxígeno activo, no me enfado cuando descoloca los cojines y le ofrezco mil cosas que hacer.

Hace poco empezamos la desescalada en Madrid, al fin,

así que podemos salir a la calle a determinadas horas para dar un paseo o hacer deporte. Como se niega a acompañarme —«ya bastante salgo cuando voy a trabajar»—, no me he quedado ahí y he planteado otro tipo de opciones. Por ejemplo: «Vamos a jugar a esto, Lara», «Mira qué serie tan buena; hagamos un maratón, Lara» y «Oh, ¿te vas a duchar? Podemos hacerlo juntos para ahorrar agua y cuidar el medioambiente, Lara».

Los planes de interior suelen dar mejores resultados. Menos el de la ducha, ese no coló. No hemos vuelto a acostarnos. Ni a besarnos siquiera. ¿Que estoy nervioso y ofuscado? Sí. Pero también decidido a demostrarle que lo nuestro puede funcionar.

Vuelvo a entrar en el salón, me quito la camiseta, me despeino un poco —por algún motivo que no alcanzo a comprender, me mira más cuando no tengo el pelo perfecto— y voy hacia la habitación. Está en la cama, escribiendo a toda prisa en el móvil. Antes de que pueda echarle un vistazo a la persona con la que habla, bloquea la pantalla y me observa. Pero bien, recorriéndome de arriba abajo, como si le doliera físicamente hacerlo.

Me dejo caer en el colchón a su lado, coloco un brazo tras la cabeza y le digo:

—Tenemos que hablar.

—Ya hablamos. Siempre. O sea, tú te pasas todo el día hablando. Eso es hablar. Y lo hacemos —balbucea a toda prisa.

—¿Fue tan horrible?

El nerviosismo es sustituido por la confusión.

—¿El qué?

—El sexo.

Abre los ojos como platos mientras espero una respuesta que no llega. Te seré sincero: no me parece que lo fuera. Por supuesto que una parte de mí está preocupada por haberla decepcionado, pero otra, mucho mayor, lo que quiere es que normalicemos de una vez la situación y cree que sacando esto a colación trataremos el tema. Las otras veces que he intentado que habláramos de nosotros he fracasado estrepitosamente, así que a situaciones desesperadas...

—Sé que tengo menos experiencia que tú —continúo pinchando—, pero quería que supieras que si es eso lo que te hace reacia a que lo intentemos, puedo...

—Fue fantástico.

¡Sí!

—¿Cómo?

Deja el móvil sobre la mesilla, se gira hacia mí y se frota las rodillas con las manos, tensa.

—Que fue bien. Podría haber ido mejor, claro, pero para eso hace falta conocerse. No es lo que me... No tienes que preocuparte por eso —rectifica.

—Entonces, dime, ¿de qué tengo que preocuparme?

—De nada. Estás bien como estás, de verdad. Soy yo. —Una pausa y mil latidos a toda prisa después—: No siento lo mismo que tú.

¿Sabes qué es lo malo de subir escalones emocionales? Que, cuanto más arriba llegas, más daño te haces cuando la persona a la que pertenece la escalera te empuja hacia el suelo. Pero vuelves a trepar, con la espalda y el culo llenos de moretones, porque tus sentimientos no desaparecen sin más solo porque te rechacen. Ojalá lo hicieran.

No es la primera vez que me regalan el clásico «no eres tú, soy yo», ni tampoco la primera vez que me duele. Quizá sí la que más lo ha hecho, pero ese es otro tema. Lo importante es que no quiero seguir presionando: ya no solo por amor propio, que también, sino porque aborrecería que volviera a mirarme tal y como lo está haciendo. Como si le diera lástima. Como si, igual que pasó al principio de que viniera a vivir aquí, me hubiera vuelto a equivocar. Viendo señales donde no había más que espacios en blanco que he rellenado como me ha convenido.

¿Y si he achacado su incomodidad a que se estaba empeñando por cabezonería en no demostrar que le gustaba cuando, sencillamente, no le gustaba? ¿Y si ha estado evitando el tema porque no sabía cómo rechazarme? ¿Le acabo de obligar a hacerlo? Sí. Dios, sí.

Menuda mierda. Todo. Yo.

«¡Arréglalo!».

Me fuerzo a sonar despreocupado cuando le prometo mientras me incorporo:

—No te preocupes, no es culpa tuya. Me gustas, ya lo sabes, pero no tiene por qué ser recíproco. Se me acabará pasando. —«Venga, sigue», me suplico—. A partir de ahora, cuando te proponga algo, será en calidad de amigo. No estás obligada a aceptar, por supuesto, pero tenlo en cuenta.

Me voy de la habitación despacio. Quiero pensar que no lo estoy haciendo para darle margen a que me sujete el brazo, pero reconozco que hay muchas posibilidades. No sé si es por la esperanza o porque he leído demasiados libros en los que sucede esto mismo, pero, sea como fuere, no lo hace.

Sin embargo, dice:

—¿Te apetece dar una vuelta? Son las ocho y media, creo que podemos salir ya a pasear.

—Mejor mañana, ¿vale? Estoy cansado y tengo que limpiar las zapatillas.

No he mentido, aunque no le haya dicho toda la verdad. Que no sé si soy capaz de enfrentarme a esto ahora, que estoy perdido en un espacio muy pequeño y que necesito un poco de pegamento para recomponer la sonrisa.

Cuando estoy de nuevo en el salón, saco el móvil y contesto el mensaje que recibí hace un rato.

Eloy: ¿Cómo va hoy la cosa? ¿Hay novedades?

Yo: Pues sí. Me ha dicho que no le gusto.

Tarda menos de diez segundos en responder.

Eloy: Joder. Lo siento mucho. ¿Crees que es cierto? Pensé que era una pose o alguna movida extraña de estas de Lara.

Yo: No creo que importe. O sea, al principio sí que creía que se estaba obcecando y todo eso, pero yo qué sé. ¿Y si no? Pero sea cual sea el caso, tampoco voy a seguir insistiendo. Tampoco quiero que se sienta incómoda. Uf.

Añado el emoticono de una caca feliz. Que no sé si procede, pero me representa muchísimo en este momento.

Eloy: ¿Qué vas a hacer?

Yo: Aprender a ser su amigo.

Eloy: Que la Fuerza te acompañe, tío. Si necesitas cualquier cosa, llámame.

Al día siguiente, mientras me abrocho las deportivas —que tuve que limpiar tres veces con lejía por el incidente de la caca de perro, además de desinfectar de arriba abajo como hago siempre—, le doy vueltas a si ayer me invitaría a dar un paseo por pena. No soy un cobarde, pero no quiero preguntar porque estoy convencido de que hay cosas que es mejor no saber. Y porque tampoco estoy seguro de que, dijera lo que dijera, sobre todo si lo negara, no pensaría que miente.

Supongo que estas cosas funcionan así. Todos tenemos una especie de balanza dentro: en un plato colocamos las cosas buenas, en el otro las malas. Y seguimos, hasta que lo malo pesa mucho más. Al final, si pasa, podemos decirnos a nosotros mismos que ojalá hubiéramos parado antes de hacernos tanto daño. Yo me consuelo pensando que al menos lo he dado todo hasta el final.

Ojalá hubiera un botón con el que poder activar y desactivar lo que sientes por alguien. Enemigos, amigos, más que eso. Pero no lo hay.

Durante el paseo, Lara me sorprende hablando sin parar. Como lleva la mascarilla cubriéndole media cara no soy capaz de interpretar bien su expresión. No sé si quiere rellenar el silencio o de verdad le apetece contarme estas cosas. Que cuando era pequeña siempre quiso un perro, pero que su padre tiene una alergia terrible y nunca han podido adoptar uno. Que suele comprarse la ropa de segunda mano y que elige en función a las historias que inventa que ha tenido cada prenda antes de llegar a la tienda. Que le ha empezado a coger el gusto a algunas de las canciones que me pongo para entrenar, aunque siga prefiriendo esa música espantosa en la que la gente no para de soltar berridos. También me dice que tiene un montón de miedos. Empieza por los más sencillos, como los espacios cerrados, las cucarachas y los payasos. Después da paso a los de verdad, a que la gente a la que quiere se aleje, a no ser suficiente y vender lo contrario, a atarse.

—¿Te refieres a tener una relación? —pregunto, consciente de que ahora es un asunto delicado.

—Sobre todo a eso, sí.

Estoy a punto de decirle que no tiene que darme explicaciones, pero intuyo que este paseo era la excusa para tratar precisamente este tema, así que me callo y la dejo continuar.

—No quiero hacer daño. —Mira al frente, sin parar de andar—. No es solo lo que te dije aquella vez, lo de «¿para qué salir con alguien si no estás seguro de estar enamorado?». Es la sensación de estar a otro nivel, el agobio que supone. Salir con alguien al que sé que le gusto y no tener claro o, peor, tenerlo, si estoy en el mismo punto. Y son cosas que es imposible comprobar, además. No hay una ecuación o algo por el estilo. ¿Para qué demonios sirven las matemáticas si no solucionan cosas así?

Suelto una risilla, pero ato en corto la lengua para no comenzar con la diatriba sobre todo lo que hacen las matemáticas por nosotros. Me mira, con las cejas en posición de súplica.

—Por favor, di algo.

—Me da miedo que te sientas incómoda. —Y «me duele», pero eso me lo guardo.

—Da igual, te lo estoy pidiendo yo. Dime qué opinas. Eres mi amigo, ¿no? Eso es lo que hacen los amigos, darte la razón o quitártela.

—Sí, bueno. Pero digamos que tengo un ligero conflicto de intereses. Todavía —aclaro a toda prisa. Lara me sujeta de la parte inferior de la camiseta para que me detenga, así que lo hago y la miro. Veo esas cosas que por lo visto no tengo que ver ya que no existen. Y me queman detrás de los ojos, pero los suyos piden y yo doy, porque las partes buenas siguen pesando más en la balanza—. Mira, es imposible comprobar qué siente otra persona. Aunque te lo diga y te lo explique de todas las formas que conoce. Cada uno traduce sus sentimientos basándose en su propia experiencia.

—No lo entiendo.

—Vale, te pondré un ejemplo. Imagina que el momento máximo de dolor que has experimentado en tu vida ha sido un bofetón. No es que tu umbral del dolor esté mal, es que basas tus ideas sobre lo que es en eso que sentiste. Pero si otra persona se ha roto una pierna, lo verá distinto. Su discurso será otro. ¿Mejor?

—Sigo sin entenderlo —se frustra.

—Puede que para mí el amor sea una cosa concreta, porque he vivido determinadas situaciones. Y puede que para ti sea otra, por exactamente el mismo motivo. Pero eso no hace menos ciertos ninguno de los dos sentimientos. No tienen que ser iguales. No es algo que haya que comparar.

—¿Me estás diciendo que debería intentar salir con alguien cuando lo que siento es más pequeño que lo que siente la otra persona, solo porque hemos tenido vivencias distintas?

«Sí, por favor».

—No, te estoy diciendo que hagas lo que quieras hacer, siempre. Pero que quizá a esa persona hipotética no le importe que no estéis en el mismo punto. Puede que entienda que cada uno tiene su propio ritmo y que, a veces, es mejor arriesgar.

¿He ido demasiado lejos? ¿La he presionado? ¿Debería retractarme?

Casi lo hago, hasta que la veo asentir y emprender la marcha de nuevo.

Cuando me pongo a su altura, estira el brazo, me coge de la mano y seguimos andando en silencio con los dedos entrelazados.

No sé lo que significa, solo lo que quiero que signifique.

También que duele, en el buen y en el mal sentido.

LARA

Tengo un problema.

David da golpecitos con el boli rojo sobre el cuaderno

176

que cada cierto tiempo usa para tachar partes del guion y hacer anotaciones en los márgenes. Al final he acabado pidiéndole ayuda con el proyecto. Tal y como esperaba, me la ha brindado junto a una de esas sonrisas tan blancas y tan rectas y tan suyas.

Ahora no se la veo porque lleva una mascarilla, lo que nos lleva al problema este que tengo. Porque me la imagino sin esfuerzo, me la sé de memoria, y a pesar de ello la echo de menos. «¿Dónde te has escondido?», me pregunto cada vez que le miro la boca en casa. Una vez aparece, el corazón me hace un triple salto mortal con tirabuzón y me pongo de los nervios.

Ruth lleva más de una semana repitiéndome que todo esto pasa porque David me gusta. «Todo esto» no es solo lo de la sonrisa, por desgracia. Es buscar su mano durante los paseos, apoyar la cabeza en su hombro cada vez que vemos una película o idear mil excusas para que durmamos juntos aunque al final siempre acabe acobardándome y no diciendo nada. Me sorprendo tocándolo sin pretexto, enseñándole a hacer tortitas y burlándome de él cada vez que Toño prefiere mi regazo antes que el suyo.

No soy tonta, sé que «todo esto» significa algo. Pero no sé el qué y no sé cuánto, así que me limito a refunfuñar cada vez que le doy vueltas. Cuando esto pasa, no hay roces ni risas ni recetas que compartir, pero David, en lugar de pedirme explicaciones o enfadarse, me deja espacio. Esto es fantástico, por supuesto, pero me entran ganas de darle un puñetazo por ser tan ridículamente perfecto.

Quiero decir: si me presionara, al menos podía enfadarme y liberar un poco de la frustración acumulada.

Pero no, él se empeña en ser monísimo. Como hoy, que se ha molestado en reservar mesa en la terraza de una cafetería de la zona cuando he comentado de pasada que echaba de menos tomarme una Coca-Cola en un bar. Aquí es donde estamos ahora. Ambos con la mascarilla, guantes y nuestras bebidas a medio tomar. Un refresco y un capuchino. También nos han puesto una tapa: aceitunas con pepinillos. Odio los pepinillos, así que los extirpo de las pobres aceitunas antes de comérmelas. Él, por el contrario, resulta que los adora; se los va metiendo con cuidado en la boca, por debajo de la mascarilla, lo cual es absurdo por un sinfín de motivos. Pero me gusta verlo hacer tonterías, así que me los guardo.

«No nos parecemos en absolutamente nada», me digo. Es la idea que suelo usar para convencerme de que lo nuestro no funcionaría. Hoy ese pensamiento encuentra una réplica que resuena con una voz sospechosamente parecida a la de David: «Pero os complementáis. Además, piensa en el lado positivo: si él se come los pepinillos, más aceitunas para ti».

—¿Qué te parece? —le pregunto cuando veo que ha terminado de leer y de hacer anotaciones.

—Es muy bueno, me gusta mucho cómo termina. La simbología con otra película es genial. Sin embargo... le falta.

—¿Eh? ¿El qué? ¿Más simbolismos?

—No, un conflicto. Me refiero a que, no sé, todo va

bien. No hay ningún momento que te incite a chillar. La relación se desarrolla sin más.

—¿Cómo que sin más? —me ofusco—. ¿Sabes lo complicado que es que funcione una relación? —Eleva una ceja, mirándome sin pestañear. Por supuesto que lo sabe—. No me gustan los dramas.

—Ya. —¿Es una acusación? Seguro que sí. Hace un gesto con la mano, como quitándole importancia. Tal vez no. ¿Por qué estoy tan tensa? ¡Estamos hablando de las chicas de mi historia, no de nosotros!—. No tiene por qué ser una tragedia, pero sí un punto de inflexión. Si la gente viera... No, cuando la gente vea esta película —rectifica— tiene que pensar que todo lo que tanto ha costado construir puede estropearse. Así esperará hasta el final, deseando con todas sus fuerzas que se resuelva.

¿Tiene razón? No estoy segura. Le doy vueltas durante todo el camino a casa, con sus dedos otra vez entrelazados con los míos. El cine y la literatura no son como la vida real, pero casi. Y a veces ahí está precisamente la gracia: que te cuenten algo con lo que puedas sentirte identificado, incluso que hayas experimentado. Hablo de historias de amor con final feliz, no de esas películas en las que te cruzas con un alien espantoso en una nave espacial mientras estás en bragas.

¿En la vida real las relaciones siempre salen bien de primeras? ¿Son sencillas? No. Ojalá.

Pasamos por el supermercado que tenemos al lado de casa. Como hay mucha gente, decidimos dividirnos para

179

terminar lo antes posible y echar una partida a la Play en cuanto lleguemos.

—Tú coge las palomitas —me ordena, todo resolución de pronto—, yo iré a por el pan de molde y la leche de avena.

—Vale.

Paso por el pasillo de los productos de aseo y veo que queda un bote de gel desinfectante. Sin pensármelo dos veces, lo cojo. Cuando me agencio dos paquetes de palomitas, lo busco y me encuentro con que él ha echado en el carro, además de lo que le tocaba conseguir, un bote de aceitunas —sin pepinillos— y mis chucherías favoritas —que detesta porque tiene el paladar atrofiado—. Y me parece demasiado.

Le imagino la sonrisa que sé que tiene cuando ve el bote de gel desinfectante en mi mano: los ojos azules se le achican, arrugándosele en los extremos. Brillan los dientes que no veo y todo lo que no me dice aunque quiera. Demasiado.

Pagamos en silencio y subimos por las escaleras. Él, cargado con las bolsas, por delante. Yo, cargada con mis dudas y mis demasiados, por detrás. Mirándole el culo.

Su culo también es demasiado.

Me estoy volviendo loca.

Así que cuando entramos y tiramos a la basura los guantes —«quítatelos sin tocar la parte exterior, Lara, como vimos en aquel vídeo de YouTube»—, casi sin darle tiempo a deshacerse de la mascarilla, lo acorralo contra la encimera de la cocina y lo beso.

David no parece saber qué hacer con las manos. Me enmarcan la cara, se me enredan en el pelo, me rodean la cintura, me pegan la cadera a la suya. Demasiado se convierte en muy poco, en no es suficiente, en «ya, ya, ¡ya!». Sin embargo, me aparto un centímetro para recuperar el aliento y le digo:

—Todavía no sé lo que...

—Da igual —promete cuando vuelve a besarme.

—Esto no significa nada más que...

—Vale. —Más besos. Más, más, más—. Lara, por Dios, para de pensar.

Y por primera vez en... siempre, le hago caso.

Me aúpa, agarrándome de los muslos, y me lleva hacia la habitación. Por el camino nos chocamos un par de veces y a punto estamos de caernos, pero seguimos enganchados, riéndonos el uno en la boca del otro.

Una vez estamos tumbados en la cama arrancándonos la ropa a tirones, se separa con cara de horror y el corazón se me encoge pensando en lo que pueda decir a continuación. Que no merece la pena, que le hago daño, que no soy suficiente.

—¡Tenemos que ducharnos antes!

—¿Perdona?

—¡Acabamos de estar en la calle! ¡En un supermercado!

Me coge de la mano, da un tirón y me lleva al baño, balbuceando a toda prisa sobre gérmenes y demás. Podría decirle que ya la ha liado comiéndose los pepinillos con los guantes puestos, a través de la mascarilla, pero lo dejo hacer. Abre el grifo y cuando comprueba que el agua está a su gusto, me mira. Está lleno de ganas y al mismo tiempo de espanto por el ataque hipocondríaco. Aprieta y afloja los puños y casi soy capaz de ver los engranajes de su cerebro girando.

Creo que es una de las cosas que más me gustan de David. Lo fácil que es leerlo. Es tan brutalmente honesto que puedo poner frases o ideas en sus labios antes de que abra la boca. «Deseo que nos acostemos, pero cuando estemos limpitos», «No sé si debo volver a decirte que me apetece ducharme contigo».

—Puedes entrar tú primero, yo esperaré. Si quieres, claro. Si no, podemos ahorrar agua. Por el medioambiente. Como amigos. O no. No tengo ni idea de qué piensas, Lara. Por Dios, no me dejes seguir hablando.

¿Ves?

Me meto en la ducha, sonriendo, y le tiendo la mano para que me acompañe. Suspira con alivio, imita mi gesto y cierra la mampara. El cubículo no es particularmente pequeño, pero lo parece con él al lado. Como si ocupara mucho más espacio del que en realidad ocupa. Como si su presencia me aplastara contra las paredes. No es malo, solo es raro. Diferente.

Y, sí, también demasiado.

Se pone un poco de champú en las manos y me observa con indecisión.

—¿Puedo?

—Sí —contesto.

Así que, con sus ojos anclados en los míos, me empieza a lavar el pelo con muchísimo cuidado. Más que sexy, la situación es ¿bonita? No sé cómo definirla, pero se me clava de punta en el pecho. Cuando pasa a lavarme el cuerpo, la cosa cambia y me relajo, porque esto lo entiendo.

También entiendo otras cosas: las ganas de tocarlo cuando volvemos al dormitorio después de secarnos a toda prisa, el cosquilleo que me recorre los huesos cuando me dice cosas al oído, incluso lo absurdamente guapo que ha empezado a parecerme. Sigue siendo agobiante, pero es algo físico. Como una suma sencilla que resuelves de forma automática.

Lo que no entiendo es lo demás. Pegar mi espalda a su pecho y sentirme aliviada cuando me pasa el brazo por encima, haberlo echado de menos hace un par de días, mientras estaba trabajando, y subir los seis tramos de escalera a toda prisa para verlo. Y, sobre todo, el miedo al mañana. Al «y luego ¿qué?».

Antes de dormirnos, susurra con sus labios sobre mi cuello:

—No lo pienses, Lara.

Así que no lo hago.

LA SEMANA EN LA QUE TOCA HACER LAS MALETAS

DAVID

Puede que la relación que hemos desarrollado en estas semanas no tenga nombre, pero lo que siento sí. En mayúscula, negrita y subrayado. Estoy en un punto tan alto de la escalera que me obligo a no mirar abajo para evitarme el vértigo. Puedo seguir subiendo, siempre se puede, pero los peldaños que tengo por delante son de esos que necesitan mucho tiempo para cruzarse.

Y soy feliz. También tengo un miedo atroz, pero una cosa no quita la otra.

Han sucedido mil cosas. Rebautizamos a Antonio —ahora es oficialmente Toño—, e incluso le organizamos una ceremonia con un poco de agua mineral sin gas, lo que nos granjeó quince minutos de bufidos airados. También libramos una guerra cruenta contra una araña que se nos coló en casa, algo que, pese al caos de la batalla, estoy convencido de que nos unió todavía más. La cosa fue así: Lara gritándome que había un monstruo horrible en la pared de la habitación, subiéndoseme a la espalda como un mono cuando fui en su ayuda, escoba y tapa de la cacerola grande en mano, y mi casi desmayo cuando vi el ser al que nos enfrentábamos. Culminó con la heroica intervención de Toño, que abatió al bicho de un par de zarpazos y después, para desgracia de los presentes, decidió comérselo sin contemplaciones.

Ha habido otros muchos momentos. No conseguí que Lara hiciera ejercicio conmigo, pero sí que se quedara en el salón leyendo mientras tanto, con esas gafas de sol amarillas puestas que un día hizo que me probara para, acto seguido, hacerme una foto a traición y pasársela a sus amigos. Nuestros amigos, en realidad. Quedamos varias veces por Skype con ellos, cada vez mejor que la anterior.

Hemos hablado de todo y de nada, un montón. Y, por primera vez, no solo lo he hecho yo. Nuestro restaurante de comida rápida favorito, nuestros sueños para el futuro, el nombre que le pondríamos a un hipotético hermano de Toño —ella, Catsanova; yo, Emmanuel—. Lara hasta me ha confesado que le encantaría crear letras para las canciones que me pide que improvise con la guitarra. Me he guardado para mí que ella es el motivo de que haya vuelto a coger con tanto gusto el instrumento. Sin pretensiones más allá de divertirme y de ver cómo balancea la cabeza al ritmo de la música o apunta ideas a toda prisa en su cuaderno.

¿Que por qué me lo he guardado? ¿Por qué me reprimo a estas alturas? Porque la conozco. Ya sí, a pies juntillas. Sé que sigue diciéndose a sí misma que esto que tenemos es un interludio. Una especie de pausa entre instantes. Sé que tengo que recordarle de vez en cuando que lo mejor es no pensar en ello. Pero en el fondo quiero que lo haga, que se dé cuenta de que lo nuestro es una relación en toda regla. Una que, además, funciona a las mil maravillas.

Sin embargo, todavía es pronto para Lara y sigue sin ser tarde para mí.

Estamos en uno de esos momentos en los que todo va bien, jugando a un videojuego cooperativo, cuando nos llaman a los dos al móvil, casi a la vez. Pausamos la partida y nos asomamos a la mesa para descubrir, extrañados, que son nuestros padres. Ella descuelga primero y me indica por señas que va a la habitación para que podamos hablar mejor.

—Hola, mamá —saludo.

—¡Cielo! ¿Has visto las noticias?

—No, ¿qué ha pasado?

Por lo general estoy al tanto de la información sobre el virus, pero confieso que estas últimas semanas he prestado menos atención porque estaba muy a gusto en la pompa que Lara y yo habíamos construido.

—¡Que al fin pasamos a la fase dos! De esto quería hablar contigo. —La noto nerviosa. Igual que cuando está a punto de plantearme un tema delicado, de esos que sabe que acabarán provocando que discutamos hasta que, tras un par de gritos por su parte, le reconozca que tiene razón. Aunque no la tenga—. Mira, cielo, he estado comentando la situación con José y Pilar —empieza, refiriéndose a los padres de Lara—. Por lo visto su hija ya puede volver con seguridad a la residencia de estudiantes, han estado toda la mañana al teléfono con esa gente. Sin embargo, les he ofrecido la posibilidad de que se quede en el piso. Si dividimos el alquiler, sale más económico que la estancia que pagaban, y como os habéis apañado tan bien durante estos meses... Porque os habéis apañado bien, ¿verdad?

Mi madre tiene la terrorífica capacidad de disfrazar de pregunta las amenazas. No nos hemos apañado bien hasta hace poco, pero, por supuesto, no se lo he dicho. Como tampoco le he dicho que la relación ha cambiado entre

Lara y yo, que nos hemos acostado juntos y que fantaseamos con adoptar un hermano —con pelo esta vez— para Toño. Porque hay cosas que una madre no tiene que saber con mucho detalle.

—Sí. —La voz me sale en un hilo, así que carraspeo—. Supongo que los padres de Lara están de acuerdo y que acaban de llamarla para darle la noticia.

—Exactamente. ¿Y bien? ¿Qué te parece?

Que estoy a punto de caerme con todo el equipo. Pero ella no tiene la culpa, ni Pilar o José. Han hecho lo que era más lógico, lo que yo mismo quería que acabara sucediendo, solo que un poquito más pronto de la cuenta.

Cuando veo a Lara aparecer en el salón, con la cara blanca como el papel, mis peores temores se confirman. Tiene el móvil todavía en la mano y los ojos abiertos de par en par.

Mierda.

—Mamá, luego hablamos, ¿de acuerdo? Tengo que dejarte ya.

—Vale, cielo, pero ¿te parece bien? Estoy convencida de que convivir juntos te ayudaría con...

—Sí, sí, muchísimo. Luego hablamos —repito, sin dejar de estudiar a la chica que tengo enfrente.

En cuanto cuelgo, me da por mirar atrás en la escalera y ver lo alto que he subido. El vértigo me sobrecoge, tal y como pensé que pasaría, pero ni eso me prepara para el golpe.

—Me vuelvo a la residencia —me dice.

Aquí está. La caída en picado.

Lo único bueno de que las cosas salgan mal es que al menos pierdes el miedo y puedes sustituirlo por otra cosa. Rabia, por ejemplo.

«Tranquilo», me exijo, «todavía puedes arreglarlo».

—Lara, no digas tonterías. Es una buena solución, piénsalo. —Inspiro, espiro y sonrío. O eso creo—. Saldrá mucho más barato. De hecho puedo hablar con mi madre y pedirle que nos sigamos ocupando nosotros de los gastos.

Su cara de horror se acrecienta y yo me encojo como si me hubiera dado un puñetazo. Quiero gritarle que no es caridad, que qué más da si ya lo hacíamos antes así, que quiero que se quede. O lo contrario, si eso inclina la balanza a nuestro favor.

La veo empezar a negar con la cabeza, por lo que gasto el último cartucho.

—¿De verdad sería tan malo? Llevamos así meses, nos ha ido bien. Es cierto que al principio tuvimos... eh... desavenencias, pero últimamente funciona. —Da un par de pasos para atrás, hacia el pasillo—. Funcionamos. Lara, venga, vamos a hablar de ello.

—No hay nada de lo que hablar. Es un error. Es demasiado. —Aparta los ojos de mí, como si de pronto le diera pánico mirarme. Sinceramente, no tengo ni idea de qué expresión debo tener—. Voy a hacer la maleta. Ya lo he hablado con mis padres: me marcho mañana.

—Mírame —le pido—. Por favor. —Lo hace a regañadientes, todavía reculando—. Me gustas muchísimo, ya lo sabes. Y yo también te gusto. No hace falta que me lo digas si no quieres, pero lo hago. —Cierro los ojos unos segundos y, cuando los vuelvo a abrir, suplico—: Quédate.

—No puedo. —Se da la vuelta para entrar en la habitación, encuentra la puta mentira que busca al tiempo que empieza a recoger a toda prisa sus cosas y lanzarlas a toda velocidad sobre la maleta—. Esto no es lo que acordamos. Te lo advertí, David. No es nada. O sea, nosotros no somos nada. Es todo eso del síndrome de Estocolmo.

No sé qué me enfada más, si la impotencia que siento o la cobardía de Lara. Porque eso es lo que es: cobardía. Es no querer asumir algo por miedo a que salga mal.

Estoy harto. De tirar yo solo del carro, de ir con pies de plomo, de esforzarme en justificarla cuando ella no hace ni el intento de ponerse en mi lugar.

Saco lo que tengo dentro, al fin:

—¡Por Dios, Lara! ¡No te estoy pidiendo que te cases conmigo! ¡Ni siquiera estoy presuponiendo que estés enamorada de mí! ¡Pero no me intentes convencer a estas alturas de que ni siquiera te gusto!

Me mira por encima del hombro, metiendo a presión la ropa. Está roja.

—¡¿Puedes parar por un momento de ser tan egocéntrico?! ¡Si te he dicho que no me gustas es que no me gustas! ¡Asume eso, a ver qué tal!

—¡Asume tú que estás teniendo otra pataleta estúpida! ¡Pareces una cría de cinco años, joder!

—¿De qué vas? —se indigna—. ¡Mira, ¿que quieres engañarte a ti mismo y creer que te gusto?! ¡Fabuloso! ¡Tú sabrás! ¡Pero no puedes obligarme a sentir algo que no siento!

192

—¡¿Conque esas tenemos?! —grito, haciendo aspavientos con los brazos, procurando mirar lo menos posible a Toño, que ha entrado en la habitación para lamerse el culo sobre la cama. Bonita metáfora—. ¡Pues no solo me gustas, ¿te enteras?!

Esquivo el abrigo que me lanza y la miro triunfal mientras hago la que, con toda probabilidad, sea la declaración más ridícula de la historia:

—¡Estoy enamorado de ti! ¡¿Qué tienes que decir a eso?!

Lara se pone en pie y me encara, agitando los calcetines que tiene en la mano. Estoy convencido de que quiere metérmelos en la boca para que no siga hablando.

—¡Por supuesto que no estás enamorado, no digas tonterías! ¡Estás confundido! ¡Yo estoy confundida! ¡Todos estamos confundidos porque las situaciones confusas confunden!

—¡Eres total y absolutamente ridícula! ¡Estas cosas ni se deciden, ni se controlan, ni se analizan! ¡Pasan y ya está!

—¡Que no!

Nos observamos durante cerca de un minuto, sin decir ni una palabra más. Ambos con las mejillas ardiendo y las respiraciones agitadas.

Y, de golpe, siento que tiene razón en una cosa.

Todo esto es demasiado.

No lo aguanto más. Estoy convencido de que es otra pataleta, de que con el tiempo se acabará dando cuenta de que lo que sentimos es real. Podría esperar, como llevo haciendo meses, pero no quiero. No puedo.

Es pronto para ella y ya empieza a ser tarde para mí.

Respiro hondo antes de decir con voz monocorde:

—Haz lo que te dé la gana.

Después salgo de la habitación y cierro la puerta.

La pompa estalla a las 8:36 de la mañana siguiente.

El tiempo no acompaña a la situación. Fuera, el sol ha empezado a brillar y los pájaros llevan un buen rato piando. No hay tormentas torrenciales ni música melodramática de fondo cuando Lara sale de mi cuarto, haciendo el menor ruido posible.

La observo sin apenas abrir los ojos, para fingir que sigo dormido en el sofá. Va cargada con ese maletón enorme lleno de pegatinas, la bolsa de basura y todas las prendas de ropa que no le han cabido enganchadas en lugares aleatorios del cuerpo. Igual que cuando apareció. Dos gorras en la cabeza, un vestido anudado a la cintura, un fular enrollado en el muslo y sus dichosas gafas de sol con cristales amarillos y redondos puestas.

«Cambia de idea», exijo en silencio. Quizá si lo deseo con la suficiente fuerza, acabe convenciéndola.

Deja su copia de las llaves en el mueble del recibidor y permanece quieta unos segundos. Después me observa por encima del hombro, aunque no soy capaz de distinguir su expresión.

«Cambia de idea, todavía estás a tiempo».

Pero, tal y como sospechaba que pasaría, no lo hace.

La relación termina con una huida cobarde, Toño emitiendo un maullido lastimero para que alguien le ponga la comida y una puerta que se atasca antes de cerrar bien.

Me levanto de un salto, tan deprisa que estoy a punto de caerme de boca cuando la manta se me enreda a los pies.

Voy corriendo hacia mi habitación y la observo como uno de esos detectives de las películas norteamericanas. Con ojos de halcón, el ceño fruncido y más que dispuesto a encontrar evidencias. Palpo las sábanas, abro todos los cajones y las puertas del armario, miro bajo el colchón.

«Venga, Lara, no has sido capaz de irte sin dejar una cochina nota», me digo mientras sigo buscando. ¡Los libros! ¡Claro, con ellos empezó todo! Sería bastante poético. Saco de la estantería el primero que leyó, *Mi jefe el seductor*, y paso las páginas a toda velocidad. Nada. Quizá he sido demasiado rápido. Lo hago más despacio. Un pósit, una frase subrayada, algo. Lo que sea.

Pero nada.

Lanzo el libro hacia la otra punta del dormitorio, como si fuera una granada, y me echo a llorar.

Menuda estampa más patética, ¿eh?

—Ya está —le digo a la casa vacía—. No puedo más.

Ojalá la rabia de ayer siguiera bulléndome en el estómago, pero lo que ahora siento es un hueco enorme. Como un vacío que se extiende poco a poco por todo el cuerpo.

La balanza oscila y, por primera vez, las cosas malas pesan más que las buenas.

LARA

Me escuece todo.

Los saludos de mis compañeras de residencia: «¡Cuánto, tiempo, Lara! ¡Bienvenida de vuelta!», «¿Qué tal con ese chico tan insoportable?», «¿Al final acabasteis tirándoos de los pelos?». Sus bromas y sus risas, a las que sé que hace unos meses me habría unido sin dudar. Que funcione el ascensor que conduce a la segunda planta, donde está mi habitación. Ver la cama deshecha cuando entro, porque antes nadie me obligaba a hacerla o a cambiar las sábanas casi todos los días. El tamaño del cuarto, que siempre me ha parecido diminuto, pero ahora es enorme. Como si faltara algo.

También me escuecen los ojos.

Me los froto con enfado y empiezo a deshacer la maleta. Voy lanzando cosas a mi espalda: el calcetín suelto que usé como punto de lectura, el pijama de cuadros que me abroché hasta el cuello, los estúpidos pantalones de triunfar. Cuando me encuentro con un bote casi acabado de gel desinfectante, suelto un gemido.

Ahora me escuece la garganta.

Cierro de golpe la maleta y me lanzo en la cama, con la horrible sensación de que las cosas vuelven a ser demasiado.

Demasiado silenciosas, demasiado dolorosas, demasiado tristes, demasiado frustrantes. ¡¿Por qué demonios con David tiene que ser todo así?! ¡Estoy harta de los demasiados!

Me saco el móvil del bolsillo trasero del pantalón y voy a los contactos frecuentes. Ruth, Eloy, Jotacé, Miguel...

David. Llamo a la primera, selecciono el manos libres y me hago una bola abrazada a la almohada.

—¿Ya estás allí? —me pregunta. Sin saludos, como siempre.

Ayer me quedé hablando con ella por mensaje hasta las tantas, así que ya sabe lo que ha sucedido. Y yo, por desgracia, sé lo que opina. Una mejor amiga no debería ponerse de parte del otro en una disputa. Necesitaba que me diera la razón, no que me dijera que lo sentía mucho, pero que estaba siendo una imbécil.

—Sí.

—¿Estás bien?

—Pues no. Todo es demasiado.

La oigo suspirar al otro lado de la línea y puedo imaginármela perfectamente poniendo los ojos en blanco.

—Chica, de verdad, te ahogas en un vaso de agua. ¿El qué es demasiado?

—¡Todo! ¡No sé! ¡La cama! ¡La cama es muy estrecha y dura! ¡Y la gente está alegre, como si no hubiera pasado nada! Me parece una falta de respeto impresionante.

—¿Hacia ti?

Sí.

—¡No! Hacia la situación. O sea, lo del virus y todo eso. —Gruño contra la almohada—. Da igual. Quiero hablar de otra cosa.

—¿Quieres saber qué hago yo cuando estoy triste?

—No estoy triste —miento, y Ruth es consciente de ello.

—Ajá. Tengo una lista de reproducción especial. Se llama Rupturas Mix. Todo supermelodramático e intenso.

Ayuda a llorar, y llorar ayuda a desahogarse. ¿Quieres que te la pase?

—Ruth, te repito por enésima vez que no hemos roto. No había nada que romper. —Ignoro su «vale, te mando el enlace por mail»—. ¿Crees...? Da igual.

—No, dime.

Me armo de valor y suelto:

—¿Crees que con el tiempo querrá ser mi amigo?

—¿Quieres que te diga la verdad o que te mienta?

—Que me mientas.

—Genial. Pues te voy a decir la verdad: sí, claro que querrá. Es un buen tío. Pero lo que creo es que con el tiempo tú dejarás de ser tan obtusa, te darás cuenta de que estás pillada hasta las cejas por él y acabaréis juntos otra vez.

—Nunca hemos estado juntos.

—Que te calles. Seguro que él aparecerá y tendrá un gran gesto romántico absurdo de los suyos, como prepararte un sándwich asqueroso o empapelarte la residencia con pósits. Y tú tendrás que reconocer de una vez que estás ena...

—Tengo que colgar —la corto a toda prisa.

—Vale. Bueno, llámame si necesitas algo. Podemos vernos mañana, si quieres.

Una hora después, con Rupturas Mix de fondo, me encuentro cantando —o balbuceando— letras sobre sentimientos con nombre y apellido. Porque son de otros y es más fácil. Pero la cara de David no para de colárseme en la cabeza, así que termino sacando el portátil para ver una película. Suele funcionarme genial para desconectar, el problema es que me cuesta dar con la trama adecuada.

La primera que pongo trata sobre un señor que se enamora de un robot y la quito en cuanto me empiezan a escocer los ojos más de la cuenta. La siguiente es de un perro que visita la tumba de su dueño, y me recuerda a Toño —a pesar de todo el pelo que tiene—, así que paso a otra. Una mujer que va a un planeta lejano a matar extraterrestres con una pistola láser me trae a la memoria el último videojuego al que jugué con David.

Otra. Otra. Otra.

Voy pasando de trama en trama, hasta que acabo en mi zona de confort: *Harry Potter*. Siempre consigue que me olvide de todo y me cague en la madre que parió a la lechuza que no me entregó mi carta para Hogwarts cuando tenía once años. ¿El problema? Que aparece Draco Malfoy. Tan remilgado, tan rubio, tan orgulloso, tan ridículo, tan...

Sí, acabo llorando.

DAVID

—Por favor, tío, no lo hagas —me suplica Eloy por enésima vez.

Aparto la vista de la pantalla del portátil. Estoy tumbado en el sofá, en calzoncillos, con Toño hecho una bola encima del estómago. Miro al gato y le pregunto:

—¿Tú qué opinas? ¿También crees que es mala idea que la llame? Quizá pueda mandarle un mensaje. O ir directamente a su residencia. Todavía no tengo claro para qué. —Me acaricio el mentón, meditabundo—. ¿Repetirle de nuevo que estoy enamorado, esta vez sin gritar, o explicarle con muchos aspavientos por qué está siendo absurda? Esa es la cuestión.

Toño ronronea y no sé cómo interpretarlo. Por su parte, Eloy se pega a la cámara de su ordenador.

—David, céntrate. Se te está yendo, ¿quieres que le pidamos ayuda a Miguel?

—¿Sobre qué hacer con Lara?

—No, sobre que te pases el día hablando con un gato. Hizo un par de años de Psicología, seguro que tiene una opinión al respecto.

—Te dejo, voy a ver una...

—¡Ni se te ocurra! ¡Basta ya de películas melodramáticas, tío! ¡Dúchate! ¡O péinate, al menos!

—No quiero —me emperro.

—Mira, sé que lo estás pasando mal. —Modula el tono de voz. Parece que estuviera hablando con alguien que ha perdido la cabeza y tratara de exaltarlo lo menos posible.

203

Puede que lo esté haciendo—. Pero los informes de Ruth están siendo favorables, te lo prometo. Solo tienes que esperar un poco más.

—No, se acabó el tiempo. Me he rendido.

—¡¿Entonces por qué huevos quieres ir a su residencia a montar un espectáculo?!

—Yo qué sé. Tienes razón. Debo replantearme las cosas con calma. —De reojo, me fijo en que sonríe con alivio. El gesto se pierde cuando añado—: ¿Y si me mudo a su residencia? O al extranjero. Podría ir al Tíbet y meditar, aunque no pienso afeitarme la cabeza. ¿Sabes si aceptan gatos en el Tíbet?

—Voy a hablar con Miguel, ¿vale? Te llamo esta tarde otra vez. No hagas nada. No te mudes a ningún sitio. Dúchate.

—Ya veremos.

Una hora más tarde, estoy en la terraza absorbiendo vitamina D. Me siento como el helecho de la vecina de enfrente, mustio porque no han sabido cuidarme y ahogado en mi propia melancolía. Vaya. Tengo que reconocerme a mí mismo que, hasta en los momentos de máxima desesperación, soy un mago de las metáforas.

Han pasado tres semanas desde que Lara se fue y he experimentado todas las etapas del duelo. Varias veces. Cualquiera diría que a estas alturas ya habría empezado a superarlo, pero nada de eso. Siento como si estuviera dentro de un laberinto completamente circular, sin salidas. Dando vueltas y más vueltas.

¡¿Por qué sigo en este punto si la balanza se terminó descompensando?! No es justo. ¿Cómo se hace para que alguien te deje de gustar? ¿Para rendirse de una vez? Del todo, a ser posible, no durante dos días y luego venga a recorrer el cochino laberinto sin salidas otra vez. Sé quién es la culpable. Además de Lara, quiero decir.

Te odio, esperanza. Te odio un montón.

Me asomo a la barandilla y me encuentro con las vecinas. Están en casa de la que hace deporte, María. La de mi bloque está explicándole algo relacionado con las plantas —cada vez tiene más en la terraza—, con esa sonrisa que tiene la gente que está enamorada y es correspondida. «Chica con suerte», me digo.

No sé si es la casualidad, o que tengo un gran poder mental y he conseguido que mi amargura les llegue por ondas telepáticas, pero se fijan en mí. La de enfrente le pasa un brazo por la cintura a la otra y me dedica un gesto con la mano. Un saludo. Se lo devuelvo con bastante más apatía y, cuando aparto la mirada para que esto no se vuelva todavía más incómodo, la veo andando por la calle.

Acaba de doblar la esquina. Avanza a grandes zancadas, como si tuviera prisa, con el vestido verde ondeando al viento. ¡Un vestido! ¡Verde! ¡Lleva un...! ¡Oh, Dios! ¡Oh, Dios! ¡¿Viene hacia aquí?! ¡Viene hacia aquí!

Voy tan rápido hacia la habitación que derrapo por el pasillo y me estampo con la puerta antes de entrar. Vamos, vamos, ¡vamos! Abro el armario y el espejo que hay dentro me devuelve mi reflejo. Estoy horrible: ojeroso, sucio y con el pelo apuntando en todas direcciones. Me enfado con mi yo de hace un rato, ese que no le hizo caso a tiempo a

Eloy y se dio una ducha. Pero ya es tarde, tengo que apechugar. También tengo que encontrar la ropa adecuada, tal y como intenté el primer día que apareció en mi casa. Bien escogido, un *outfit* puede expresar mucho más que las palabras.

Empiezo a lanzar polos, jerséis de cuello vuelto y pantalones chinos a mi espalda. No, no, ¡no! ¡Oh! ¡Esto sí!

¡¿Dónde están las Ray-Ban?!

LARA

Después de llamar al timbre, me obligo a no salir corriendo.

«Venga, Lara, puedes hacerlo», me animo. No es suficiente, así que me agarro al pomo de la puerta para dificultarme la huida, lo que provoca una situación absurda cuando David intenta abrir y se encuentra con que alguien está tirando por el lado contrario.

—¡¿Qué demonios haces?! —grita. Me grita. Sabe que soy yo, no sé cómo, pero lo sabe.

Esto va a salir fatal.

Suelto de golpe y él está a punto de darse en la frente con el canto.

Nos miramos. Como si entre nosotros hubiera un espejo y no un felpudo con la forma de la cara de un gato, copiamos las expresiones del contrario. Primero, nos observamos de arriba abajo, incrédulos. Luego vamos arqueando las cejas en una suerte de carrera hasta el nacimiento del pelo. Gano yo.

Estallo en carcajadas como hacía tiempo que no me pasaba, abrazándome el abdomen y doblándome sobre mí misma por el esfuerzo. ¿Es más guapo de lo que recordaba? Sí. Y eso que reconozco que no he dejado que se me olvidara su cara porque he estado viendo con demasiada frecuencia la foto que le hice con mis gafas de sol. Hubo un par de días en los que incluso me la puse de fondo de pantalla.

Pero no me rio porque sea guapísimo, sino por todo lo que lo echaba de menos. A él siendo... él. Demasiadas cosas de una forma demasiado intensa. Como ahora. Está cruzado de brazos, taconeando con impaciencia en el suelo. Quiere que pare de reírme, que me disculpe y todo eso, pero es difícil por muchos motivos, entre ellos la pinta que lleva.

Tiene una camisa negra en la que solo hay tres botones abrochados —y, para colmo, en el ojal que no corresponde—, el pelo de punta, unas gafas negras y cuadradas puestas, zapatos de vestir encima de un par de calcetines desparejados y... ya está. Bueno, al menos lleva calzoncillos. Su piel está teñida de rojo, no sé si por el calor o la vergüenza, y se le nota en la respiración que ha estado corriendo o algo por el estilo.

—Estás ridículo —le digo a través de una sonrisa cada vez más grande.

—Mira quién habla. Llevas botas militares con un vestido de verano, por favor. Y los ojos pintados como si fueras un mapache toxicómano.

Lo he echado tantísimo de menos. Sin perder el buen

humor —ni los nervios, aunque he conseguido aplacarlos un poco al verlo de esta guisa—, entro en la casa apartándolo, dejo la bolsa de basura en el suelo y vuelvo a mirar alrededor, tal y como hice la primera vez que vine. Solo que no veo lo mismo. Ahora el cuadro con su cara me resulta divertidísimo, el sofá de terciopelo rojo me trae recuerdos de partidas interminables a la Play, Toño me parece el gato más adorable del universo y no siento que sobre decoración. Todo lo contrario: falta la mía.

Vuelvo a encararlo y el miedo me trepa desde el estómago hasta la garganta cuando compruebo que su actitud no ha cambiado. Está enfadado, claro. Fui una idiota, ¿cómo no iba a estarlo?

«Vamos, Lara, has venido aquí sabiendo eso. ¡Cambia las cosas!».

Me pregunto si lo mejor será empezar hablando, aunque tenga la lengua hecha un nudo. Pero ¿qué puedo decirle para relajar ese ceño fruncido? «Me gustas» parece poca cosa y «te quiero» demasiada. Además de que todavía estoy trabajando en esa hipótesis en la que Ruth lleva una semana insistiendo.

Me arrodillo en el suelo, abro la bolsa de basura y empiezo a extraer las ofrendas de paz que he traído. Lo primero es un bote de dos litros de gel desinfectante. Se lo enseño, con una sonrisa, y él se limita a mover una ceja. Vale, esto va a ser complicado. Sigo sacando cosas.

Un táper lleno de tortitas.

—Todavía están templadas, pero, si no quieres que se queden chuchurrías, lo mejor es...

—Una sartén. Ya lo sé.

Vaya, el rival es duro. Es como el jefe final de un video-juego, solo que el objetivo no es matarlo, sino que me perdone.

Cojo otro táper y lo balanceo delante de mí, tratando de tentarlo.

—Mira, es un sándwich de los que te gustan. Tiene atún, queso de ese que huele a pies, mermelada de frambuesa, otro puñado de cosas aleatorias y aceite.

—¿Qué tipo de aceite?

Esto es peor que un examen, el tío va a pillar.

—Eh... del Mercadona.

Arruga el morro, despectivo. Joder. Es hora de sacar una de mis últimas armas, la que espero que incline la balanza porque si no me tocará...

—Te he comprado este libro —le digo, enseñándole la portada como si fuera una presentadora de televisión—. Es de esos que nos gustan, ¿ves? Se llama *El semental de mi monitor de pilates*. Suena bien, ¿eh?

—Fabuloso.

Veo cómo las comisuras empiezan a temblarle, pero se muerde la cara interna de los carrillos para mantenerlas a raya. Me va a obligar. Extraigo mis dos últimas armas de la bolsa y me pongo en pie, justo enfrente de él.

Alargo las manos para subirle las gafas por encima de la frente y verle los ojos. Siguen siendo increíblemente azules, siguen diciendo muchísimas cosas a gritos, pero ya no aparto la mirada de ellos con incomodidad.

Le quito el plástico al enorme bloc de pósits verdes que

compré ayer, arranco la tapa del boli con los dientes y empiezo a escribir.

DAVID

«No la beses, no la beses, no la beses».

Estoy haciéndome daño de tanto apretar la cara interna de las mejillas para no sonreír, pero consigo mantenerme estoico mientras ella se pone a escribir a toda prisa.

En un pósit. Verde.

Me pregunto qué hará con ellos. ¿Los colocará de una forma concreta en el suelo? Quizá creando una enorme «de», de «David». Eso estaría muy bien. Sin embargo, Lara nunca hace las cosas tal y como el resto de los seres humanos, así que coge el papelito y me lo pega en la frente de golpe.

Me lo arranco y lo examino.

«Puede que seas tan guapo como crees que eres».

En cuanto lo leo, vuelve a pegarme otro. Y otro. Y otro.

«Os echo de menos a Toño y a ti».

«Quiero que sepas que estoy dispuesta a teñirte el pelo las veces que haga falta».

«También a ahorrar agua cuando nos duchemos. Por el medio ambiente y eso».

«He dejado la residencia así que, si no vuelves a acogerme, tendré que convertirme en una sintecho».

«La cabezonería no es sexy, tú sí».

«No tienes ni idea de cocinar ni de cantar, pero eres la persona más valiente que conozco».

«Estoy dispuesta a que hagamos yoga acrobático juntos».

Ya está, no puedo más. Suelto una carcajada y la miro. Está roja como un tomate, con el boli revoloteando indeciso sobre el bloc. Me observa entre el pelo e inclina el pósit para que no pueda ver lo que hace. Cuando termina, me lo pega, esta vez en el pecho y con mucha más suavidad que antes.

Lo analizo durante más tiempo del que hace falta. Solo es un dibujo —y bastante malo, por cierto— de un corazón.

Doy un paso hacia ella, agitando el papel verde y sonriendo como un idiota.

—¿Qué significa esto?

Deja de mirarse los pies y me encara, mordisqueándose en labio inferior.

—No sé, qué más da —balbucea—. Dijiste que esas cosas no se pensaban, ¿no? Pues no las pienses.

—Pasan y ya está, ¿no?

—Exacto.

Extiendo el brazo y agarro la parte inferior de su vestido para acercarla más, dando un tirón suave. Lara hace lo mismo aferrándose al faldón de mi camisa.

—¿Has asumido ya lo que me pasa? —pincho.

—Sí.

—Bien, bien. ¿Y lo que también te pasa a ti?

—Estoy trabajando en esa hipótesis —masculla, mirándome la boca. Sigue el recorrido de mis comisuras, que apuntan cada vez más alto   . Vale, joder. Sí. Me pasa. ¿Estás contento?

—Muchísimo.

Y, sin necesidad de decir más, nos besamos. Al fin. La escalera de la que me lanzó se convierte en un ascensor que me lleva a toda velocidad hasta arriba. Pero ya no tengo vértigo ni miedo de caer porque, cuando se abren las puertas, me la encuentro esperándome.

Los finales... Qué movida, ¿eh? En la ficción, empiezan los créditos o se acaban las páginas y, ¡hala!, a otra cosa. Te quedan dos opciones: dejarlo como está o imaginar qué pasará luego.

Por ejemplo: la historia de Marina y de Raquel decidí terminarla con un buen morreo. Una vez se levantaba la cuarentena, ambas bajaban a la calle y... COLOFÓN.

Pero, en la vida real, la historia de María y de Sofía no acaba ahí; tampoco la mía con David. Ellas serán felices, y yo seguiré gritándole a mi novio cada vez que lo pille cotilleando por encima del hombro lo que escribo en mi cuaderno. Que no sale lo suficiente, dice. ¡Maldito egocéntrico!

EPÍLOGO

MARÍA

María sabe lo importante que es el ritmo en el deporte, sobre todo cuando lo haces con otra persona. Porque puede que tenga más fondo que Sofía, con la que pasea ahora de la mano por la calle, pero ¿qué diversión habría si caminara demasiado deprisa y ella no pudiera seguirla? Su novia, por su parte, avanza con menos parsimonia de lo habitual.

Ambas se amoldan lo mejor que pueden y saben. A veces no funciona, porque no es suficiente o porque no compensa el cambio. Pero, cuando funciona, es bonito de ver.

Como ese chico y esa chica tan divertidos del bloque de enfrente. Sofía le ha hablado mucho de ellos. De las peleas a gritos que escuchaba a través del techo y de las reconciliaciones. De lo mala pareja que pensaba que hacían al principio y lo buena, al final.

María también les ha seguido la pista. Veía a la muchacha del pelo morado escribiendo en el balcón y al chaval rubio haciendo aspavientos.

Los vuelven a ver ahora, de camino a casa. Se cruzan con ellos, que también llevan los dedos entrelazados, y se sonríen. No saben por qué, pero lo hacen.

De eso trata todo esto, en realidad. De un conjunto de casualidades enmarañadas que, si tienes el tiempo y las ganas para subir escaleras, quizá consigas desenredar para construir algo más.

AGRADECIMIENTOS

Dicen que lo más difícil cuando escribes una novela es ponerle título o hacer la sinopsis. Y, hasta que me enfrenté a los agradecimientos, estaba de acuerdo.

Hay mucha gente detrás de una historia. No solo las personas que te ayudan a darle forma, o que la revisan junto a ti hasta que las palabras dejan de tener sentido, sino también quienes te brindan oportunidades o te apoyan en alguna parte del camino (lo sepan o no).

Detrás de esta, están mis padres y mi hermana, que llevan años diciéndome que hay sueños que no tienen por qué quedarse pegados a las sábanas, y que merece la pena luchar por hacerlos realidad.

También están mis amigas (Zaira, María, Carla y muchas más), que me han aguantado las dudas, los nervios y los «espera que te paso la nueva versión de este párrafo; te juro que es la definitiva».

O a Enrique, que afrontó con aplomo mis monólogos sobre la trama, a pesar de no tener ni idea de lo que le estaba diciendo, mientras se encargaba de que comiera. «Aunque sea delante del ordenador, Myriam», me decía.

No se me olvidan todas aquellas personas que me animaron a gritos —en mayúsculas— a que no me rindiera cuando todavía escribía *fanfiction*. Muchas de las cuales siguen a mi lado y hace tiempo que pasaron de ser lectoras a convertirse en amigas. Hay muchos nombres y muchos *nicks*, pero sabéis quiénes sois. Espero que también sepáis la suerte que he tenido de cruzarme con vosotras.

No puedo irme sin dejar claro que Marta, Mar, Míriam y Rocío, mis editoras, son maravillosas. Por un lado, por verme y por confiar en mí. Luego, por convertir esta historia en algo mucho mejor que lo que empezó siendo. Y, por último, porque han hecho de esta experiencia algo precioso y divertidísimo. Algún día imprimiré sus mensajes y empapelaré mi habitación con ellos.

Gracias a todos, de corazón.

SOBRE LA AUTORA

MYRIAM M. LEJARDI (1987) nació en Madrid, pero vive en un pueblecito cercano a la capital cuyo nombre no quiere mencionar porque tiene una rima muy fea.

Se licenció en Periodismo, aunque no lo ha ejercido nunca. Lo que sí que ha hecho es dedicar muchos años al *fanfiction*, género con el que dio sus primeros pasos como escritora. En 2019, decidió pasarse a las historias originales y, hasta la fecha, ha publicado varios relatos de fantasía juvenil en diferentes antologías, una novela corta distópica (*Pretérito pluscuamperfecto*) y un romance paranormal (*Olor a menta*). Actualmente, está trabajando en tres comedias románticas *new adult*, que saldrán publicadas entre 2021 y 2022.

SOBRE LA ILUSTRADORA

YOLANDA PAÑOS (1991), conocida en redes como Lolan, es una ilustradora y animadora valenciana. Se licenció en Bellas Artes en la Universitat Politècnica de València, especializándose en la rama de animación, para posteriormente cursar el máster de Animación 3D en Animum Creativity Advanced School. Comenzó en el mundo laboral dedicándose a la ilustración dentro del ámbito editorial, aunque actualmente se dedica a la animación 3D. Como apasionada de la animación, no puede evitar buscar el movimiento de aquello que le rodea, observar a las personas de su entorno e intentar plasmar toda esta inquietud en diversos personajes, generando así un universo propio en cada uno de ellos.